Gabriel konnte nicht aufhören, Clara zu küssen.

Er konnte nicht aufhören, sie zu streicheln.

Er konnte nicht aufhören, sich den Empfindungen hinzugeben, die seinen Oberkörper durchströmten.

*Verdammt.*

So etwas hatte er noch nie erlebt. Sein Körper war derart angespannt, dass er glaubte, jeden Moment explodieren zu müssen, dabei war er noch nicht einmal in sie eingedrungen. Es ergab keinen Sinn, und doch entschied er sich zum ersten Mal in seinem Leben, nicht nach einem praktischen Ausweg zu suchen.

Stattdessen erlaubte er sich, zu *fühlen.*

Es war so heiß.

So verdammt heiß.

Er riss das Handtuch von Claras Körper und schluckte ihren überraschten Schrei. Er hatte seine Finger noch immer in ihrem Haar verwoben und presste sie an sich, während er sie mit seinem Mund verschlang.

Sex hatte für ihn nie eine Bedeutung gehabt.

Dennoch würde er sterben, wenn er sich jetzt von ihr losriss.

All seine Prinzipien und alles, was er in der Vergangenheit gelernt hatte, durchfluteten seinen Verstand und versuchten, ihn zur Vernunft zu bringen, doch er war blind. Es sah nur noch Clara. Ihre nackten Brüste, die sie gegen seinen Oberkörper presste. Ihren schlanken Hals, an dem Blut herunterrann, das aus der

Wunde quoll, die er ihr zugefügt hatte. Ihren schnellen Atem und ihre vollen Lippen.

Er küsste sie noch heftiger und beherrschte sie mit seiner Zunge. Er stöhnte auf, als sie seine Begierde mit erregten Lauten erwiderte.

All die Jahrzehnte seines Lebens verblassten im Vergleich zu dieser Leidenschaft. Diesem Gefühl. Diesem heftigen Bedürfnis, sie zu ficken.

Genau das hatten seine vorherigen Eroberungen vermissen lassen – diese Sehnsucht, die ihn auf eine neue Daseinsebene katapultierte.

Hier gab es keine Logik.

Keine Vernunft.

Keine Erlasse.

Es existierte nur Lust.

# UNSTERBLICH VERFLUCHT

## EBENFALLS VON LEXI C. FOSS

# HIMMLISCHE BÜRDE

## UNSTERBLICH VERFLUCHT
## BUCH 7

DEUTSCHE ÜBERSETZUNG:
SANDRA MARTIN FÜR
DANIELA MANSFIELD TRANSLATIONS

USA TODAY BESTSELLERAUTORIN
# LEXI C. FOSS

Titelbild entworfen von: Manuela Serra

Fotografie: CJC Photography

Models: Keith + Kristen

Herausgegeben von: Ninja Newt Publishing, LLC

eBook:

ISBN: 978-1-954183-57-5

Taschenbuch:

ISBN: 978-1-954183-58-2

Besuchen Sie Lexi im Netz!

www.lexicfoss.com

www.facebook.com/LexiCFoss

twitter.com/LexiCFoss

www.instagram.com/LexiCFoss

E-Mail: lexicfoss@gmail.com

*Für Jean, dafür, dass du diese Reihe liebst und unterstützt und mich immer zum Lächeln bringst. Gabriel lässt dich grüßen <3*

# HIMMLISCHE BÜRDE

## UNSTERBLICH VERFLUCHT
## BUCH 7

# HIMMLISCHE BÜRDE

*Willkommen in der Welt der unsterblich Verfluchten, wo Engel und Vampire im Verborgenen leben ... noch.*

Gabriel ist ein Krieger. Ein Seraph. Ein Unsterblicher mit unvorstellbarer Macht und Autorität. Sein bisheriges Leben hat er in einer Wolke aus Gleichmut und Zweckmäßigkeit geführt. Nur damit *sie* sein komplettes Dasein auf den Kopf stellen kann.

Clara.

Die Hexe, die ihn mit ihrem Mitgefühl verzaubert hat – ein vampirisches Talent, das seine Konzentrationsfähigkeit vollkommen durcheinanderbringt.

Er ist entschlossen, einige Fehler zu berichtigen, selbst wenn er sie töten muss, um seine mentalen Kräfte wiederherzustellen.

Jedoch werden nicht alle Schlachten mit dem Körper geschlagen. Einige erfordern das Herz.

Clara ist kein normaler Gegner.
Und sie steht kurz davor, Gabriel in die Knie zu
zwingen.

# GLOSSAR

## ÜBERNATÜRLICHE WESEN

**Sprössling (Nomen):** Das Kind eines männlichen Ichorianers und einer Menschenfrau, das noch nicht als Hydraianer wiedergeboren wurde. Für gewöhnlich besitzen Sprösslinge vor ihrer Wiedergeburt als Unsterbliche keine übernatürlichen oder übersinnlichen Fähigkeiten.

**Hydraianer (Nomen):** Der unsterbliche Nachkomme eines männlichen Ichorianers und einer Menschenfrau, der zwei übernatürliche oder übersinnliche Fähigkeiten besitzt und kein menschliches Blut zum Überleben braucht.

**Ichorianer (Nomen):** Ein unsterbliches Wesen unbekannter Herkunft, das eine übernatürliche oder übersinnliche Fähigkeit besitzt und menschliches Blut zum Überleben braucht.

**Unsterblicher (Nomen):** Ein genereller Begriff, der ein Wesen beschreibt, das nicht altert und gegen einen natürlichen, menschlichen Tod immun ist.

**Nachkomme (Nomen):** Ein Begriff, mit dem die Ichorianer die Wesen beschreiben, die sie mittels des ichorianischen Prozesses der Verwandlung erschaffen haben.

**Seraph (Nomen):** Ein Wesen, das zur höchsten Ordnung der Hierarchie der Engel gehört.

# GLOSSAR

## SCHLÜSSELBEGRIFFE

**Arcadia:** Ein berüchtigter ichorianischer Klub in New York, der der ichorianischen Regierung außerdem als Hauptversammlungsstelle dient.

**Blutgesetze:** Eine Reihe von Anordnungen, die als Reaktion auf den Vertrag von 1747 vom ichorianischen Verwaltungsrat aufgestellt wurden.

**Stiftung für Katastrophenhilfe (Catastrophic Relief Foundation – CRF):** Eine globale humanitäre Hilfsorganisation mit Hauptsitz in New York, der eine paramilitärische Einheit angehört, die geschaffen wurde, um abtrünnige Übernatürliche zu vernichten.

**Konklave:** Der ichorianische Verwaltungsrat.

**Edikt:** Ein Gesetz oder eine Vorschrift, die vom Hohen Rat von Seraph erlassen wurde.

**Älteste:** Die ursprünglichen Hydraianer, die auch als der hydraianische Verwaltungsrat dienen.

**Schicksalslinie:** Ein Seraph, der die Zukunft voraussagen kann.

**Hoher Rat von Seraph:** Der Verwaltungsrat der Seraphim.

**Nizari:** Altertümliche ichorianische Attentäter, die Sprösslinge jagen und töten.

**Nizarigift:** Eine grüne Substanz, die dafür berüchtigt ist, Sprösslinge zu töten und ihre Wiedergeburt zu verhindern.

**Sentinel:** Ein Soldat der Einheit der CRF, die geschaffen wurde, um abtrünnige Übernatürliche zu vernichten.

**Vertrag von 1747:** Eine Übereinkunft zwischen Hydraianern und Ichorianern, um eine Waffenruhe und das Leben in den ihnen zugewiesenen Territorien festzulegen. Diejenigen, die diese Grenzen überschreiten, tun das auf eigenes Risiko.

# Eine Anmerkung von Lexi

Pst … Darf ich Ihnen ein Geheimnis verraten?

*Die Fährte des Blutes* hätte eigentlich von Gabriel und Clara handeln sollen. Aber Sethios hat mir noch weitere Seiten abverlangt und meine Muse konnte sich nicht dagegen wehren. Ich höre immer auf die Stimmen. Und in diesem Fall hat er sich nicht geirrt.

Es hat mich jedoch nicht im Geringsten überrascht, dass Gabriel sich in *Die Fährte des Blutes* immer wieder zu Wort gemeldet hat. Deshalb war ich auch nicht schockiert, als er mir sagte: »Wir werden doch meine Geschichte fortsetzen und näher darauf eingehen, was in der hydraianischen Arrestzelle geschehen ist, nicht wahr?«

In meiner Vorstellung ist diese Welt einfach so unglaublich groß. Ich kann Ihnen gar nicht sagen, wie viele Richtungen ich einschlagen muss, um zu sehen, was im Leben eines jeden von ihnen vor sich geht. Die

Geschichten begleiten mich nun schon seit über einem Jahrzehnt und die Stimmen sind mein Zuhause.

Aus diesem Grund habe ich eine ganze Welt der unsterblich Verfluchten geschaffen, in der ich einige dieser Ereignisse erzählen will. Es handelt sich dabei zwar nicht um Schlüsselereignisse der Handlungen, doch darin werden wichtige Entwicklungen der Charaktere aufgezeigt, die ich Ihnen wirklich gern näherbringen möchte. Sie »passen« einfach nicht in eine der Haupterzählungen.

Ein Beispiel wäre, wie Ezekiel Skye getroffen hat.

Oder was zum Teufel zwischen Gabriel und Clara vorgefallen ist, als er sie in Hydria besuchte.

*Himmlische Bürde* beleuchtet letztere Begebenheit genauer. Die Geschichte findet während der Geschehnisse am Ende von *Die Fährte des Blutes* statt und knüpft an den Beginn von *Wicked Bonds* an, womit sie sozusagen die Lücke zwischen den beiden Erzählungen überbrückt. Der Fokus liegt dabei ausschließlich auf Gabriel und Clara, was die Geschichte sehr charakterorientiert macht.

Es ist wahrlich eine sinnliche kleine Novelle.

Sie werden eine ganz neue Seite von Gabriel kennenlernen und mehr über Clara erfahren.

Außerdem bildet sie den Auftakt zu *Wicked Bonds.*

All das sind gute Argumente, die für *Himmlische Bürde* sprechen.

Sie alle bereiten uns Vergnügen.

Und sie wurden alle von Gabriel genehmigt (na ja, die meisten jedenfalls). ;)

Viel Spaß beim Lesen <3
Lexi

# Ein Vorwort von Gabriel

Meine Schwester kann solche Dinge wesentlich besser als ich. Wenn Sie ihre Geschichte also noch nicht gelesen haben, dann sollten Sie vielleicht zuerst damit anfangen. Ich glaube, sie hat ihr den Titel *Blutgesetze* gegeben, womit sie sich auf den ichorianischen Schwachsinn bezieht, den Osiris als eine Art Regierungsform erschaffen hat. Er hat alles auf eine Weise aufgebaut, mit der er den Hohen Rat von Seraph imitiert.

Und falls Sie bisher noch nichts von dieser Welt gelesen haben, dann können Sie nicht wissen, was all das zu bedeuten hat.

Also schön, dann will ich von vorn beginnen.

Ichorianer sind Vampire. Sie selbst würden das bestreiten, aber sie brauchen menschliches Blut, um zu überleben. Daher sind sie Vampire.

Osiris ist ein uralter Seraph (auch bekannt als Engel), der aus Gründen, die derzeit infrage gestellt werden, aus der Welt der Seraphim verbannt wurde. Er reagierte auf seine Verbannung, indem er eine Armee von wiederauferstandenen Menschen erschuf, die nun im Wesentlichen unsterblich sind. Diese Wesen sind die Ichorianer, die ich oben erwähnt habe.

Dann gibt es da noch die Hydraianer, die erschaffen werden, wenn ein männlicher Ichorianer eine sterbliche Frau schwängert. Der Nachkomme ist im Grunde sterblich, doch wenn er getötet wird, wird er als unsterbliches Wesen mit zwei besonderen Fähigkeiten wiedergeboren.

Dabei geht es um Blutlinien, Macht und eine Vielzahl weiterer Einzelheiten.

Wie dem auch sei, meine Geschichte ist kurz erklärt: Ich bin ein seraphischer Krieger. Das bedeutet, ich zeichne mich durch strategisches Geschick und das Töten aus. Meine Hauptaufgabe in letzter Zeit war es jedoch, meine Halbschwester Stas zu beschützen und sie auf die Zukunft vorzubereiten.

Eigentlich ziemlich gewöhnlicher Mist, bis auf die Tatsache, dass Stas absolut undankbar ist und mich hasst. Das ist nicht nur unpraktisch, sondern lenkt mich auch von meiner eigentlichen Mission ab.

Ich habe das Beste aus den Schicksalen gemacht, die uns gegeben wurden. Wenn Stas erst einmal in ihre Flügel hineingewachsen ist, wird sie es verstehen.

Oder vielleicht auch nicht.

Genau darin lag der Sinn, sie unter Menschen aufwachsen zu lassen – es ging darum, ihr eine Lektion in Sachen Menschlichkeit zu erteilen.

Denn unserer Rasse, den Seraphim, fehlt dafür das Verständnis.

Wir sind praktisch veranlagt und sehen Emotionen als Zeitverschwendung an. Wir treffen unsere Entscheidungen basierend auf den Prophezeiungen der Schicksalsgöttinnen (welches Engel sind, die in die Zukunft sehen können). Aus diesem Grund wurde auch ich erschaffen, und das Gleiche gilt für Stas.

In letzter Zeit weist jedoch einiges darauf hin, dass die Schicksalsgöttinnen den Hohen Rat von Seraph aus nicht ganz uneigennützigen Gründen in eine bestimmte Richtung gelenkt haben. Es hat sogar den Anschein, dass sie den berühmten Hohen Rat von Seraph stürzen wollen.

Doch bisher ist das alles reine Spekulation.

Dennoch besagt eine der Prophezeiungen, dass Stas sich zu einer Macht erheben wird, die diese Welt noch nie gesehen hat und »uns alle vernichten wird«. Die Seraphim nahmen an, damit seien Osiris und seine Abscheulichkeiten gemeint. In letzter Zeit scheint es jedoch, als wäre damit die gesamte Rasse der Engel gemeint.

Ich weiß, dass das alles verwirrend ist.

Deshalb habe ich Ihnen geraten, am Anfang der Geschichte zu beginnen.

Aber da Sie schon einmal hier sind und mein kleines Abenteuer sehen wollen, dürfen Sie natürlich gern weiterlesen. Ich muss eine Ichorianerin ausfindig machen. Ich habe mir sozusagen ihre empathische Fähigkeit ausgeliehen, um meine Menschlichkeit zu testen, doch das ist nicht wie geplant verlaufen. Also werde ich sie bitten, es wieder geradezubiegen. Wenn das nicht funktioniert, werde ich die Quelle töten – und damit meine ich sie.

Ein letztes Wort der Warnung, bevor wir beginnen: Ich bin gerade in Hydria, das ist eine Insel voller Hydraianer, die ich gerade erwähnt habe. Sie sind wie Ichorianer, trinken jedoch kein Blut. Außerdem verfügen sie über zwei Fähigkeiten und sind überaus emotional.

Ich werde mein Bestes tun, um einem Gespräch mit den meisten von ihnen aus dem Weg zu gehen.

Auf diese Weise werde ich die Geschichte effizienter schildern können.

Also gut. Schnappen Sie sich eine Feder und begleiten Sie mich. Ich erwarte, dass es jeden Moment blutig wird.

# PROLOG

## CLARA

UNSCHULDIG, bis die Schuld bewiesen ist.

So lautet doch die Formulierung, nicht wahr?

Für mich scheint sie jedoch nicht zu gelten. Ja, ich habe meine angeblichen Sünden zugegeben, aber Osiris hat mich dazu gezwungen. Ich war überzeugt davon, dass sie mir nicht glauben würden oder zumindest infrage stellen würden, warum ich ihnen gegenüber plötzlich nicht mehr loyal bin. Allerdings kam es ganz anders. Sie haben mich in diese Zelle geworfen, um mich zu foltern und Informationen aus mir herauszupressen – Informationen, die ich nicht habe.

Ich zittere. Mir ist kalt. So, so kalt. Und ich bin allein.

Es tut weh.

Der Verrat, der Schmerz darüber, dass sie die vermeintliche Wahrheit einfach so akzeptiert haben, und die Erkenntnis, dass diejenigen, die ich für meine Familie hielt, in mir offenbar nie einen Teil von ihnen gesehen haben.

Ich rolle mich noch fester zusammen und würde am

liebsten verschwinden. Mein Verstand wiederholt immer wieder das Mantra meines Selbsthasses, das Osiris für alle hörbar dort eingepflanzt hat.

Balthazar scheint die Wiederholung meiner Gedanken zu hinterfragen. Ich wünschte, er könnte auch die anderen Worte wahrnehmen, die unterschwellig schreien und darum betteln, *gehört* zu werden. Es scheinen jedoch nur die oberflächlichen, falschen durchzudringen. Die Worte, die mich als schuldig darstellen. Die behaupten, ich hätte sie verraten. Dass ich es getan habe, weil Issac mich nicht mehr wollte, nachdem ich für ihn erschaffen worden war.

Glaubt er das auch? Glaubt er wirklich, dass ich so empfinde, nach allem, was wir durchgemacht haben?

Wir wollten einander nie.

Er weiß das besser als jeder andere.

Ich will mit ihm sprechen, aber das ist nicht möglich. Ich bin in einer Zelle eingesperrt, aus der es kein Entkommen gibt. Ich sitze starr in einer Ecke und ertrinke unter einer Welle von Qualen, die niemand außer mir spüren kann.

Die Zeit vergeht.

Die Fragen gehen weiter.

Sie stellen mir immer dieselben. Und sie sind jedes Mal wütend. Ich habe Luc noch nie so gesehen. Er sieht mich an, als wolle er mich umbringen. Ich bin entsetzt. Ich möchte weinen. Aber ich kann es nicht.

Sie gehen wieder.

Ich rolle mich wieder zusammen und möchte

schreien, aber mir kommt kein Ton über die Lippen. Ich bin wie eine Marionette, die von unsichtbaren Fäden kontrolliert wird. Ich sehe sie zwar nicht, aber ich kann sie spüren. Sie umgarnen meine Gedanken und diktieren mir die Worte. Sie sprechen für mich, indem sie meinen Mund und meine Zunge bewegen.

Meine Kehle schmerzt vor Durst.

Es ist schon zu lange her, seit ich mich das letzte Mal genährt habe, aber sie wollen, dass ich schwach bleibe, und bestrafen mich für ein Verbrechen, das ich nicht begangen habe.

Ich warte darauf, dass jemand die Wahrhaftigkeit ihrer Annahmen infrage stellt und sich überlegt, warum ich so etwas tun würde. Ich hoffe, dass jemand auf die Idee kommt, dass etwas an der Sache nicht stimmen kann.

Doch nichts geschieht.

Ich höre sie jetzt auf dem Flur – Lucs wütende und Bs beruhigende Stimme.

Mein Herz bricht noch ein bisschen mehr und bleibt dann ganz stehen, als sich ein Mann mit weißblondem Haar wie eine Art Gott in meiner Zelle materialisiert.

Nein, kein Gott. Ein Seraph.

Ich kann seine Flügel nicht sehen, aber er wird von einer himmlischen Aura umstrahlt. Vielleicht liegt es auch nur daran, dass ich so zittere. Verdammt, ich weiß nicht einmal, ob er real ist. Vielleicht bin ich ins Delirium gefallen, weil ich nicht genug Nahrung zu mir genommen habe.

Ein Lachen droht meiner Brust zu entweichen, doch

der Bann, unter dem ich stehe, macht es zunichte und lässt mich stattdessen erzittern. Ich schwanke ein wenig hin und her und versuche, den Schmerz zu verdrängen.

*Vor und zurück.*

*Vor und zurück.*

*Vor und zurück.*

Das fühlt sich schon ein wenig besser an. Oh, aber jetzt steht er plötzlich neben mir und er ist so warm!

»Ich brauche eine Probe von deinem Blut«, sagt er mit tiefer und sanfter Stimme, in der ein leicht schroffer Unterton mitschwingt. Sie gefällt mir.

Bis mir klar wird, was er gerade gesagt hat.

*Blut?*

Doch aufgrund des Banns kann ich nicht sprechen und das Wort setzt sich in meinem Verstand fest, als er das Messer an meinen Arm führt. Ich will zurückweichen, reagieren, doch es gelingt mir nicht. Osiris' Bann hält mich gefangen und zwingt mich, die Schmerzen zu ertragen, die er mir mit einem Schnitt in den Unterarm zufügt. Ich kann nicht einmal hinsehen, stattdessen konzentriere ich mich auf einen Punkt im Raum, während mein Verstand aufbegehrt gegen das Bedürfnis meines Körpers, zu reagieren.

Es sind leibhaftige Qualen, die mich von innen heraus zerstören, während ich gegen ein unsichtbares Netz ankämpfe, das mich als Geisel den Launen einer anderen Person unterwirft.

In meinen Augen brennen Tränen, doch ich bin nicht imstande zu weinen.

Innerlich sterbe ich. Ich fühle mich wie zerfetzt. Ich

kann mich weder konzentrieren noch kann ich atmen. Ich schwanke nur noch vor und zurück.

Ich hasse es.

Ich hasse sie.

Ich hasse Osiris.

Ich hasse mich selbst.

Wie bin ich nur in diese Hölle geraten? Warum ich? Ich weiß nicht einmal mehr, wie es passiert ist, doch ich erkenne die Macht und weiß, wer sie innehält. Ich weiß nur nicht, wie lange sie sich schon in meinem Verstand festgesetzt hat.

*Ich bin unschuldig!,* schreie ich wieder, aber niemand hört mich. *Helft mir!*

Ich spüre Wärme an meiner Seite, als der Mann mit dem Messer neben mir auf die Knie fällt. Er zittert am ganzen Körper und setzt die Schmerzen frei, die in meinem Inneren vergraben sind.

Mein Herz schlägt ein wenig leichter, als seine Qualen meine eigenen widerspiegeln. Über seine Wangen strömen Tränen, die ich so gern vergießen würde.

Wunderbare Glückseligkeit!

Aber nichts davon ist real.

Das alles ist nur ein seltsames Gebräu des Schicksals, das sich dreht und wendet und die Klinge tiefer in mein Herz treibt.

Ich will weinen wie er. Ich will zittern wie er. Doch ich bleibe eingesperrt in diesem Käfig der ewigen Pein, still und allein.

Er sieht mich mit seinen hellgrünen Augen an und

meine Traurigkeit spiegelt sich in seinen schönen Iriden. Ich sehne mich danach, so zu sein wie er. Ich will imstande sein, meine Gefühle zu äußern.

Er verengt die Augen zu dünnen Schlitzen, dann schüttelt er den Kopf, als Stimmen um uns herum durch den Raum dröhnen. Ich ignoriere sie und konzentriere mich auf den gut aussehenden Mann, der sich neben mir windet. Ich tue so, als wäre ich er, um dem inneren Chaos, das mich zu zerreißen droht, durch ihn Ausdruck zu verleihen.

Doch meine Konzentration wird gestört, als ich die Wut der Ältesten spüre, vor allem Lucs.

Er will mich tot sehen.

Ich spüre seinen Hass.

Er trägt eine Maske des Zorns, um seinen eigenen Kummer zu verbergen. Es ist seine Art, mit dem schmerzhaften Verlust umzugehen, den ich seiner Meinung nach mit verursacht habe.

Ein Versuch, ihn vom Gegenteil zu überzeugen, hätte keinen Sinn.

Er wird mir niemals glauben.

Ich lasse die Schultern hängen, während ich wieder innerlich aufschreie. Für sie alle bin ich verloren, ich bin in dieser schrecklichen Realität verloren.

»Helft ihr«, sagt der Engel in diesem schroffen Ton. »*Verdammt.* Macht, dass es aufhört!«

Ich blinzle ihn an. Ist er auch ein Empath wie ich? Kann er die Wahrheit spüren?

Bei dem Gedanken verspüre ich einen stechenden Schmerz in der Brust und meine Atmung beschleunigt sich, bevor dieser bedrohliche Bann mich wieder niederzwingt.

*Nein! Ich will diese Hoffnung spüren! Ich will träumen!*

*So ein schöner Mann.*

*Mein Retter.*

*Bitte spüre mich. Bitte wisse, was in mir vorgeht.*

Er scheint wütend zu sein, denn in seinen grünen Augen spiegelt sich ein innerer Aufruhr wider. »Sie leidet Höllenqualen.« Er ballt seine großen Hände zu Fäusten, wobei er seine muskulösen Arme anspannt. »Bringt es wieder in Ordnung.« Er stößt die Worte zwischen zusammengebissenen Zähnen hervor.

Ich werde diese Worte nie vergessen.

Denn sie bergen das Versprechen in sich, dass sich alles verändern wird.

Ich kann spüren, wie die anderen im Raum darüber nachdenken. Ich nehme die Verwirrung wahr, die von Balthazar ausgeht. Vielleicht wird er auf diesen mächtigen Engel hören.

*Mein Schutzengel.*

Er sieht mich ein letztes Mal an, dann verschwindet er aus dem Raum, womit sich für mich bestätigt, dass er tatsächlich ein Seraph ist.

Ich bin allein mit den Männern, die mich gefangen halten, und einem furchterregenden männlichen Ichorianer.

Oh, vielleicht habe ich mich geirrt. Vielleicht werde ich ja doch sterben. Er mustert mich auf beunruhigende Weise. Seine grünen Augen haben den gleichen Farbton wie die seines Vaters.

Es ist Sethios, Osiris' Sohn.

Er ist bekannt für seine sadistischen und verruchten Methoden. Und für seine Grausamkeit.

Darüber hinaus ist er der Vater von Stas.

Stas ... die am Strand gestorben ist.

Das war's dann wohl. Sie haben ihn hierhergebracht, um mich meinem endgültigen Schicksal zuzuführen.

Vielleicht kehrt der Engel zurück, um mich ins Jenseits zu geleiten.

Vielleicht hat er gar nicht existiert.

Ich erwarte mein Schicksal mit geschlossenen Augen, doch dann reiße ich sie weit auf, als ich spüre, wie sich die Stränge um meinen Geist und Körper zu lösen beginnen.

Er erlöst mich von dem Bann.

»Hat Astasiya Clara gesehen, seit sie hier gefangen gehalten wird?«, fragt er.

»Nein, warum?«, antwortet Lucian.

»Weil ich glaube, dass mein Vater ihr ein Geschenk hinterlassen hat, das sie enträtseln soll«, sagt Sethios, während ich spüre, wie der Druck um meinen Verstand nachlässt.

*Er weiß, was Osiris mir angetan hat,* erkenne ich, und mein Herz schlägt so schnell, dass es zu zerspringen droht. *Er weiß es ... weil der Engel mich gespürt hat. Er hat mich gerettet, mein Schutzengel, mein wunderbarer Engel ... der Empath, der mich befreit hat.*

Es fühlt sich so befreiend an, so befriedigend, bis die

8

Qualen in meinem Inneren endlich ein Ventil finden und sich durch meinen Mund Ausdruck verschaffen.

Deshalb schreie ich.

Und schreie.

Und schreie.

Worte, die ich nicht hatte aussprechen wollen, kommen mir über die Lippen, Drohungen, die ich gedacht hatte und nicht hatte sagen können, Worte über Familie, Verrat – ich schreie alles heraus. Ich ramme die Faust in Balthazars Kiefer, als er mich berühren will, denn mein Verstand ist immer noch zu sehr in dem Schreck der Ereignisse gefangen und kann sich nicht auf die Gegenwart konzentrieren.

Das einzig Positive in meinem Inneren ist die Verbindung zu dem Engel. Der Mann, der mich gespürt hat. Der Mann, der von ihnen verlangt hat, es wieder in Ordnung zu bringen.

Ich wünschte nur, ich wüsste seinen Namen.

Eines Tages werde ich ihn finden und ihm danken.

Mein Retter mit den hellgrünen Augen.

*Mein Engel.*

# KAPITEL EINS

## GABRIEL

GABRIELS SCHWESTER STAND KURZ DAVOR, sich in eine Falle zu teleportieren, die einer der gefährlichsten Seraphim aller Zeiten ihr gestellt hatte.

Leela war damit beschäftigt, einem im Labor geschaffenen entarteten Wesen dabei zu helfen, ein Kind zu gebären.

Ezekiel bewachte eine Prophetin.

Vera war weiß der Teufel wohin verschwunden.

Und Gabriel schwebte über dem Strand außerhalb der Gefangenenhütte in Hydria.

Er ging die Prioritätenliste in seinem Kopf zum millionsten Mal durch und fragte sich, warum er ausgerechnet hier sein wollte und nicht an einem der oben genannten Orte. Seine Schwester könnte wahrscheinlich Unterstützung und Leela etwas Hilfe gebrauchen. Dennoch stellte Gabriel sein eigenes Schicksal vor das ihre.

Nachdem er sich jahrzehntelang stets um alle anderen zuerst gekümmert hatte, war es ein wenig seltsam, sich einen Moment Zeit zu nehmen, um seine eigene Neugier zu befriedigen. Doch er brauchte die Hexe, die in der Hütte eingesperrt war, um geheilt zu werden.

Sie war die Empathin, die all diese Emotionen in ihm ausgelöst hatte, und jetzt würde sie ihm helfen, sie wieder abzuschalten. Andernfalls würde er sie töten. Gabriel hatte wirklich keine Zeit, um sich mit unsinnigen Empfindungen herumzuschlagen. Er musste es beenden. Und zwar sofort.

Eigentlich war es seine Idee gewesen, ihre Gabe in sich aufzunehmen. Er hatte seine seraphischen Fähigkeiten nicht zum ersten Mal zu diesem Zweck eingesetzt. Er brauchte lediglich einen Tropfen Blut des Wesens, dessen Gabe er sich einverleiben wollte.

Doch diese Magierin verfügte über eine Fähigkeit, die ihn nicht mehr losließ. Selbst jetzt war er versucht, mit einem Seufzen gen Sternenhimmel zu blicken.

Ja verdammt, er verspürte das Bedürfnis zu *seufzen*.

Das hatte wiederum zur Folge, dass er verärgert die Mundwinkel nach unten ziehen wollte, was er sonst nie tat.

Er schüttelte die Gefühle ab und zwang sich dazu, eine gleichmütige Miene aufzusetzen. Es hatte keinerlei praktischen Nutzen, die Sache von einem emotionalen Standpunkt aus anzugehen. Er würde von der Frau verlangen, dass sie ihn von diesem Zauber befreite, und sich dann seiner nächsten Aufgabe widmen.

Oder vielleicht würde er ein Nickerchen machen.

Er hatte in letzter Zeit nicht viel geschlafen und

spürte, wie die Müdigkeit seine Gliedmaßen schwer werden ließ.

Ja, ein Nickerchen wäre schön.

*Schön?*

Der alberne Gedanke entlockte ihm ein Knurren, bevor er auf die Hütte am Strand zuflog. Er war entschlossen, diesem gefühlvollen Unsinn ein Ende zu bereiten.

Claras Zelle lag im hinteren Teil des Gebäudes und er musste zuerst die beiden Wachen im Korridor passieren. Gabriel hielt sich nicht damit auf, sie um Erlaubnis zu bitten, sondern flog in seinem ätherischen Zustand einfach an ihnen vorbei. Als Hydraianer waren sie nicht imstande, ihn zu sehen. Es war einer der vielen Vorteile, die sein Dasein als Seraph mit sich brachte. Sein Mangel an Emotionen gehörte normalerweise auch dazu.

Beinahe hätte er wieder eine finstere Miene aufgesetzt, doch er schaffte es gerade noch, die Bewegung seiner Gesichtsmuskeln zu unterbinden, als er sich durch die Tür in den Raum teleportierte, der von weißen Wänden umgeben war.

Eine Erinnerung drängte sich ihm auf und er sah im Geiste die arme blonde Frau vor sich, die in einer Ecke kauerte und sich zu irgendeinem Takt hin- und herbewegte, den nur sie hören konnte.

Jetzt saß sie nicht mehr dort.

Er materialisierte sich, indem er seinen körperlichen Zustand annahm, und wandte sich auf dem

Betonboden der Dusche zu. Sie stand direkt unter dem Wasserstrahl und starrte ihn an.

Nackt.

Mist.

Warum passierte ihm so etwas immer wieder? Erst beschloss seine Mutter, unbekleidet durch die Gegend zu fliegen, und nun stand diese Frau tropfnass unter der Dusche.

Im Gegensatz zu seiner Mutter faszinierte ihn dieser Anblick jedoch auf gewisse Weise.

*Nein. Nein, er fasziniert mich ganz und gar nicht,* ermahnte er sich selbst. *Fleischliche Genüsse sind ein rein menschliches Konzept.*

Er hatte schon ein paarmal Sex gehabt, um es auszuprobieren, doch er konnte nicht verstehen, warum alle so einen Wirbel darum machten. Abgesehen von einem vagen Gefühl der Erleichterung übte es keinerlei Reiz auf ihn aus.

Natürlich hatte keine seiner vorherigen Eroberungen wie Clara ausgesehen. Sie hatte eine schlanke Taille, lange Beine und überdurchschnittliche Brüste, von denen er vermutete, dass sie ziemlich gut in seine Handflächen passen würden.

Doch natürlich dachte er nicht an so etwas, denn ein solcher Gedanke wäre schließlich unpraktisch.

Gabriel räusperte sich. »Ich brauche deine Hilfe, um einen Fehler zu beheben«, sagte er zu ihr.

Sie stieß einen schrillen Laut aus, woraufhin er die Stirn runzelte. Das wiederum veranlasste ihn dazu, eine finstere Miene aufzusetzen. Und schließlich knurrte er verärgert, weil seine Gesichtsmuskeln ihm scheinbar nicht gehorchen wollten.

»Siehst du, was du mir angetan hast?«, fragte er, als er auf sein Gesicht deutete. »Ich zeige ständig ... irgendeine Reaktion. Du musst das wieder geradebiegen.«

Clara schrie erneut auf, doch diesmal machte sie dabei einen Satz, woraufhin sowohl ihr Handtuch als auch ihre Kleider zu Boden fielen, die sie nur lose auf einem Vorsprung in der Wand über sich platziert hatte. Nun lagen sie in der Duschwanne und wurden von dem Wasserstrahl durchnässt.

»Vielleicht wäre es besser gewesen, sie über den Stuhl zu hängen?«, schlug Gabriel vor und deutete auf besagten Stuhl, der etwa eineinhalb Meter vor der offenen Dusche stand.

Sie könnte außerdem einen Duschvorhang und ein richtiges Bett gebrauchen. Denn die halbherzig bezogene Matratze auf dem Boden wirkte klumpig und kalt.

Er nahm an, dass sie dieses Schicksal verdiente, da sie ihre Freunde und Familie verraten hatte. Allerdings fragte er sich, ob das wirklich der Wahrheit entsprach. Als er sich ihr Blut einverleibt hatte, hatte sie unter heftigen Schmerzen gelitten, und das hatte nicht an dem Schnitt gelegen, den er ihr mit dem Messer zugefügt hatte. Ihre Qualen waren tief in ihrer Seele entsprungen und waren entsetzlich gewesen. Ihm lief ein eiskalter Schauer über den Rücken, als er sich an das Gefühl erinnerte.

Gabriel wollte so etwas nie wieder erleben.

Dennoch fragte er sie unwillkürlich: »Geht es dir gut?« Denn wenn sie immer noch Schmerzen hatte, dann ... nun, dann würde er etwas tun müssen.

*Warum?*, fragte er sich. *Warum fühle ich mich verpflichtet, dieser Frau zu helfen?*

Verdammt, es war einfach zu verwirrend.

Das alles machte ihn noch verrückt.

Ihm waren diese unpraktischen Regungen zuwider. Er wollte nur wieder bei klarem Verstand sein.

»Du bist ... du bist echt«, hauchte sie.

Er blinzelte sie an. »Äh, ja?«

»Und du stehst in meiner Zelle.«

Er blickte auf seine Füße hinunter, wobei er fast wieder die Lippen verzogen hätte. »So nennt man diese Haltung für gewöhnlich, ja.«

Warum stellte sie ihm derart alberne Fragen? War sie gebrochen? War das der Grund, warum er sich so seltsam fühlte, nachdem er ihr Blut getrunken hatte? Hatte sie ihn irgendwie mit einer merkwürdigen Krankheit infiziert?

»W-warum?«, fragte sie flüsternd. »Bist du hier, um mich wieder mit dem Messer zu schneiden?«

»Habe ich dir wehgetan?«, wollte er wissen und fragte sich, ob das die Ursache für ihr seltsames Verhalten war.

»Nein. Du hast mich gerettet. Jetzt kennen sie die Wahrheit.«

Er hätte beinahe die Augenbrauen in die Höhe

gezogen, doch er kämpfte dagegen an. »Welche Wahrheit?«

»Ich bin nicht der Verräter.«

Das war ihm neu, aber er war ein wenig beschäftigt gewesen, seit er sie das letzte Mal gesehen hatte. »Wenn du nicht der Verräter bist, warum befindest du dich dann immer noch in dieser Zelle?«

»Um ihnen zu helfen, den Schuldigen zu fangen«, antwortete sie und zuckte bei den Worten zusammen. »Ich sitze hier fest, bis sie herausgefunden haben, was wirklich passiert ist.«

»Aber du hast die anderen nicht hintergangen.«

»Nein, das stimmt.«

»Und trotzdem wirst du bestraft.«

Sie zuckte mit einer Schulter. »Wo sollten sie mich sonst hinschicken?« Sie warf einen Blick auf ihr durchnässtes Handtuch und ihre Kleidung, dann erbleichte sie und hob plötzlich die Hände, um sich zu bedecken. »Oh mein Gott, ich bin nackt.«

»Offensichtlich«, erwiderte er. »Und das Wasser läuft auch immer noch.« Da sie ohnehin gerade Tatsachen ansprachen, konnte er auch gleich diesen Umstand erwähnen, denn sie verschwendete Ressourcen, wenn sie das Wasser nicht nutzte.

»Dreh dich um!«, blaffte sie ihn an.

Er warf einen Blick über die Schulter. »Warum? Da ist doch nichts.«

»Aber ich bin nackt!«

Diesmal konnte er nichts dagegen tun, als sich seine

Stirn in Falten legte. »Warum sollte ich mich deshalb umdrehen müssen?« Wenn er ehrlich war, zog er es vor, sich nicht umzudrehen. Das war jedoch ein Problem, dem er sich später widmen müsste, denn er sollte keinen Gefallen daran finden, sie in diesem Zustand zu betrachten. Dann nahm ihre blasse Haut jedoch einen wunderbaren Rotton an, der jeden Teil ihres nackten Körpers zu erfassen schien.

*Ich bringe sie in Verlegenheit*, erkannte er. *Weil ich sie nackt sehe.*

Natürlich.

Sie war ursprünglich als Mensch geboren worden, also war es ganz natürlich, dass ihr diese Situation unangenehm war.

Daher verlangte sie von ihm, dass er sich umdrehte.

Er seufzte und tat, wie geheißen, als sich ihm ein anderer Gedanke aufdrängte. »Sind das deine einzigen Kleider?«

»Ja«, sagte sie. In dem Wort lag eine Emotion, die er nicht definieren konnte. Aus diesem Grund blickte er sich um und sah die Tränen, die in ihren Augen schimmerten.

»Hast du wieder Schmerzen?«, fragte er, denn er befürchtete, dass sie wieder anfangen würde, sich wie bei ihrer ersten Begegnung stumm hin- und herzuwiegen.

Sie stellte das Wasser ab und wickelte das nasse Handtuch um ihren Körper, wobei ihre Unterlippe bebte. »Es geht mir gut.«

Sie sah ganz und gar nicht so aus, als würde es ihr gut gehen. Sicher, sie war schön, aber sie schien auch überaus traurig zu sein. Sie wischte sich eine Träne aus den Augen und räusperte sich.

»Warum bist du hier?« Die Worte klangen ein wenig heiser, als müsste sie gegen die Emotionen ankämpfen, die ihr die Kehle zuschnürten.

»Hm, ich dachte, sie hätten dafür gesorgt, dass du wieder gesund wirst.« Allerdings schien es ihr nicht besser zu gehen, denn sie schien immer noch in demselben Zustand zu sein, in dem er sie vorgefunden hatte. Nun, abgesehen von der Tatsache, dass sie jetzt sprechen konnte. Das war durchaus eine Verbesserung.

Clara sah ihn nur an und versuchte, das Handtuch fester um sich zu ziehen. Allerdings hatte es keinerlei Nutzen und sorgte nur dafür, dass jetzt noch mehr Wasser an ihrem ohnehin nassen Körper herunterrann.

Er warf einen Blick auf ihre ruinierte Kleidung und sah sich dann in der Zelle nach etwas um, womit sie sich abtrocknen konnte. Das dünne Bettlaken könnte funktionieren, doch dann müsste sie später auf der bloßen Matratze schlafen.

Etwas nagte an ihm. Es war ein unbehagliches Gefühl, das ihn immer wieder piesackte wie eine irritierende Stechmücke und ihn nicht in Ruhe lassen wollte. Trotz seiner praktischen Veranlagung war er nicht in der Lage, ihren Zustand einfach zu ignorieren und sich wieder dem eigentlichen Grund seines Besuchs zuzuwenden.

»Diese Unterkunft ist für so etwas nicht geeignet.« Sie würden ein wichtiges Gespräch führen müssen und unter diesen Bedingungen war das einfach nicht möglich.

Gabriel machte sich unsichtbar und teleportierte sich in seine Wohnung in New York. Er hatte niemandem von diesem Apartment erzählt und es immer benutzt, wenn er sich in der Nähe der Zentrale der Stiftung für Katastrophenhilfe hatte aufhalten wollen, ohne entdeckt zu werden. Er unterhielt noch eine weitere Wohnung, die er in seinen Arbeitsunterlagen angegeben hatte, um seinen ehemaligen Chef zu besänftigen. Jene Unterkunft war nicht mehr von Bedeutung, doch diese hier erfüllte immer noch einen angemessenen Zweck. Besonders jetzt, da sein Anwesen im Südpazifik bemerkt worden war.

Er ließ den Blick durch die Wohnung schweifen und hielt nach verdächtigen Anzeichen Ausschau, doch sie war noch so sauber und unberührt, wie er sie vor Wochen verlassen hatte.

Die roten Federn an seinem Rücken trieben ihn in Richtung seines großen Badezimmers, aus dem er ein flauschiges weißes Handtuch holte. Es war bei Weitem besser als der nasse Fetzen, den Clara in ihrer Zelle hatte.

Mit einem Nicken kehrte er zurück und fand sie auf dem Boden wieder. Tränen kullerten ihr über die Wangen, während sie in ihre nassen Kleider schluchzte.

*Verdammt*. Sie war also doch gebrochen.

Ihm entfuhr ein Seufzen, wobei ihm das Geräusch so langsam wirklich auf die Nerven ging, und er streckte ihr das Handtuch entgegen. »Hier, das sollte …«

Sie stieß einen schrillen Schrei aus, welcher ihm genauso missfiel wie sein Seufzen, und legte sich eine Hand aufs Herz. »Hör auf damit!«, blaffte sie ihn an, während in ihren Augen jedoch kein vorwurfsvoller Ausdruck zu sehen war. Dann senkte sie den Blick auf das Handtuch und brach von Neuem in Tränen aus.

Er räusperte sich und fühlte sich ausgesprochen unwohl, während er sich fragte, wie sich dieses ganze Gespräch in eine so seltsame Richtung hatte entwickeln können. »Ich …« Er hatte keine Ahnung, wie er den Satz beenden sollte, daher streckte er ihr einfach das trockene Handtuch entgegen.

Sie starrte ihn einen Moment an und schniefte. Dann stand sie wieder auf und tauschte ihr feuchtes Handtuch gegen den Gegenstand in seiner Hand. Sie zitterte am ganzen Körper, doch als sie sich in die flauschige Baumwolle hüllte, weiteten sich ihre Pupillen. Das Handtuch war viel besser als das auf dem Boden und er warf wieder einen Blick auf ihre durchnässte Kleidung neben der Dusche.

»Du brauchst eine bessere Unterkunft«, sagte er. Seraphische Gefangene wurden zumindest in sterilen Verhältnissen untergebracht. Und wenn es stimmte, was sie vorhin gesagt hatte, dann sollte sie nicht einmal eine Gefangene sein. »Lass uns gehen.«

»Gehen? Wohin?«, fragte sie mit stockender Stimme.

»In meine Wohnung. Dort werde ich dir ein paar

trockene Kleider geben und dann können wir uns unterhalten.«

»Worüber denn?«

»Über Emotionen«, sagte er mit ausdrucksloser Stimme und streckte ihr eine Hand entgegen. »Das Teleportieren wird sich wahrscheinlich anfangs etwas seltsam anfühlen, aber du wirst dich daran gewöhnen.«

»Teleportieren?«

»In meine Wohnung«, erklärte er. »Ja.«

»Ich … ich verstehe nicht.«

Was war daran so schwer zu verstehen? »Ich nehme dich mit in meine Wohnung in New York, wo ich dir ein paar trockene Kleider geben werde und wir uns über deine empathischen Fähigkeiten unterhalten können.« Er sprach die Worte langsam aus und hoffte, dass sie sie so besser verstehen würde.

»Was ist mit Luc? Es wird ihm nicht gefallen, wenn ich die Zelle verlasse.«

Gabriel schnaubte und zog sein Handy aus der Tasche, um Ezekiel eine SMS zu schicken. *Richte dem hydraianischen König aus, dass ich Clara mitgenommen habe. Er kann sie später zurückhaben.* Er drückte auf Senden und schob das Telefon zurück in seine Tasche. »Das wäre erledigt.« Er streckte ihr wieder die Hand entgegen. »Lass uns gehen.«

»Aber ich weiß nicht einmal, wie du heißt«, sagte sie. »Ich meine, ich glaube, ich weiß, wer du bist. Aber … wir sind uns noch nicht wirklich begegnet.«

Er blinzelte sie an. *Formalitäten? Ausgerechnet jetzt? Ist das ihr Ernst?* »Gabriel«, informierte er sie. »Seraphischer

Krieger. Ehemaliger Sentinel bei der CRF. Stas'
Halbbruder. Willst du sonst noch etwas wissen?«

»Ich dachte mir schon, dass du das bist«, erwiderte
sie leise. »Also gut. Und du bist dir sicher, dass Luc
damit einverstanden ist?«

Aus seiner Tasche drang ein summendes Geräusch,
während sie sprach. Er machte sich nicht die Mühe,
einen Blick auf die Nachricht zu werfen, denn er war
sich sicher, dass Ezekiel ihn decken würde. »Ja. Ich
werde dich zurückbringen, sobald wir mit unserer
Unterhaltung fertig sind.« *Tot oder lebendig*, fügte er im
Geiste hinzu. *Es kommt ganz darauf an, wie hilfreich du sein
wirst.* »Können wir jetzt gehen?«

# KAPITEL ZWEI

## CLARA

CLARA STARRTE auf die starke Hand, die er ihr entgegenstreckte. Sie sah so einladend und warm aus. Als Empathin sehnte sie sich nach Berührungen und das letzte Mal, als jemand sie im Arm gehalten hatte, lag schon so lange zurück. Nun, abgesehen von Balthazar. Er hatte versucht, sie nach allem, was geschehen war, zu trösten, aber sie hatte damals nicht gewollt, dass er oder ein anderer sie berührte.

Aber Gabriel war anders.

Er war ihr Engel.

Er hatte sie gerettet.

Er hatte von ihnen verlangt, dass sie ihr helfen.

Und jetzt wollte er sie in seine Wohnung nach New York mitnehmen. Es schien ein bisschen plötzlich, genau wie sein Auftauchen in ihrer Zelle. Doch sie musste sich eingestehen, dass sie ihn begleiten wollte. Es war ein seltsamer Wunsch, vor allem, wenn man bedachte, dass sie halb nackt war und seine Gefühle nicht lesen konnte.

Aber sie fühlte sich bei ihm sicher. Vielleicht weil er sie schon einmal gerettet hatte. Möglicherweise lag es auch an dem Pfefferminzduft, der von dem flauschigen Handtuch ausging und ihre Sinne betörte. Er lullte sie in ein seltsames Gefühl der Geborgenheit und veranlasste sie dazu, die Hand in die seine zu legen.

Die Berührung jagte ihr einen Schauer über den Rücken. Eine elektrisierende Spannung umhüllte sie und brachte ihr Blut in Wallung, als die Welt um sie herum verschwamm.

Die Bewegung war so fremdartig, dass sich ihr Magen verkrampfte und sie nach Luft schnappte.

*Oh!*

Sie war sich nicht sicher, ob es ihr gefiel. Wenn Jacque sie teleportierte, fühlte es sich anders an. Irgendwie schien es … *falsch* zu sein. Sie hatte den Eindruck, als würde sie in ein ätherisches Netzwerk der Macht eindringen, zu dem sie eigentlich keinen Zugang haben sollte.

Sie festigte den Griff um Gabriels Hand und zog ihn an sich, um den anderen Arm um ihn zu schlingen und sich an ihm festzuhalten. Sie befürchtete, dass er sie andernfalls in diesem Netz aus ineinander verwobenen Empfindungen verlieren könnte. Er hielt weiterhin ihre Hand fest, aber er folgte ihrem Beispiel und legte einen starken Arm um ihre Taille, während sie zu einer Einheit verschmolzen.

Sie stieß einen Seufzer aus, als sie trotz des Aufruhrs in ihrem Inneren von einem friedvollen Gefühl erfasst wurde. Denn sie sehnte sich einfach nur danach, gehalten zu werden. Außerdem war sein Mangel an Emotionen eine willkommene Abwechslung. Sie nahm rein gar nichts von ihm wahr, was zur Folge hatte, dass sich ein innerer Frieden in ihr ausbreitete, den sie noch nie zuvor gespürt hatte.

Es dauerte einen Moment, bis sie bemerkte, dass sie ihr Ziel erreicht hatten. Sie löste ihre Arme jedoch nicht sofort von ihm, denn ihr Körper und Geist wollten diese Ruhe noch einen Augenblick länger genießen.

Er sagte kein Wort und stieß sie auch nicht von sich, sondern ließ seinen Arm um ihre Taille ruhen und gewährte ihr damit einen schützenden Halt, der sie vor allem und jedem abschirmte.

Er war ihr Retter. Ihr Schutzengel. Der Mann, der ihr zur Freiheit verholfen und dafür gesorgt hatte, dass die unsichtbaren Ketten von ihr abfielen, die sie viel zu lange gefangen gehalten hatten.

*Danke*, wollte sie ihm sagen. *Danke, dass du die Wahrheit gesehen hast, als alle anderen blind waren.*

Aber Clara war keine Freundin von Worten, sie zog Taten vor. Vielleicht wegen ihres angeborenen Einfühlungsvermögens. Sie durchschaute so oft die Worte anderer und sah die darunter verborgenen Gefühle. Die Welt war voller Manipulationen und Lügen, doch Taten lieferten in vielerlei Hinsicht Beweise.

Genau deshalb stellte sie sich auf die Zehenspitzen und drückte ihm einen Kuss auf die Wange. Sie wollte damit ihre Zuneigung und Dankbarkeit zum Ausdruck bringen, doch seine warme Haut verführte sie dazu, sich noch etwas länger an ihn zu schmiegen. Und sein

Körper strahlte eine männliche Hitze aus, mit der sie sich einhüllen und nie wieder loslassen wollte.

All ihre Liebhaber waren sterblich, da sie sich von ihnen nähren musste. Obwohl Aidan sie oft in sein Bett eingeladen hatte, war sie nur selten seinem Angebot gefolgt. Es hatte sich einfach nicht richtig angefühlt, denn sie hatte immer spüren können, dass seine Liebe einer anderen Frau gehört hatte.

Issacs und Amelias Mutter.

Er hatte nie von ihr gesprochen, zumindest nicht in Gegenwart von Anya oder Nadia, aber Clara hatte immer von seiner Vorliebe für die Frau gewusst, die er vor drei Jahrhunderten verloren hatte. Natürlich liebte er die Frauen, die er in Ichorianerinnen verwandelt hatte, aber er trauerte auch um seine verlorene Liebe. Aus diesem Grund hatte Clara sich immer ein wenig unwohl gefühlt, wenn sie sich zu ihrem Schöpfer und seinem Harem ins Schlafzimmer gesellt hatte.

Also befriedigte sie ihr Bedürfnis nach Berührung zeitweise mit sterblichen Männern, indem sie sie hauptsächlich wegen ihres Blutes und auch für Sex benutzte.

Gabriel war ... anders.

Er war ein Seraph.

Ein Unsterblicher, der sie möglicherweise zur Abwechslung dominieren könnte.

Clara musste ihre Liebhaber ständig darin unterweisen, wie sie sie zu befriedigen hatten, denn die meisten Sterblichen waren zu unerfahren oder zu sanftmütig, um ihr wirklich das zu geben, was sie brauchte.

Mit Gabriel würde das kein Problem sein.

Bei dem Gedanken spannte sie die Schenkel an.

Dann schaltete sich ihr Verstand wieder ein und erinnerte sie daran, dass er sie hierhergebracht hatte, um sich mit ihr zu unterhalten, und nicht, um sich Gefühlen und Berührungen hinzugeben.

Allerdings hatte er sie noch nicht losgelassen.

Er hielt sie sogar ziemlich fest, wenn er auch ein wenig verkrampft schien. Atmete er überhaupt?

Sie hatte die Lippen immer noch an seine Wange gepresst und sie fühlte, wie sich seine Kiefermuskeln verkrampften. Seine Anspannung war geradezu spürbar, da sie jedoch seine Emotionen nicht wahrnehmen konnte, wusste sie nicht, ob er freudig erregt war oder sich unwohl fühlte. Also senkte sie die Füße wieder ab und löste sich gerade genug von ihm, um in seine hellgrünen Augen zu blicken. Darin sah sie jedoch nichts als Gleichgültigkeit.

Bei dem Anblick musste sie schlucken, denn dank seines offensichtlichen Desinteresses war ihr unbehaglich zumute. »Ich ... ich wollte mich nur bedanken«, sagte sie atemlos.

»Wofür?«, fragte er und zog eine Augenbraue in die Höhe, nur um kurz darauf wieder einen neutralen Ausdruck anzunehmen. Es war eine seltsame Reaktion, fast so, als hätte er sich mitten in der Bewegung ertappt.

»Dafür, dass du mich gerettet hast«, flüsterte sie.

»Ich habe dich nicht gerettet. Ich leihe dich nur aus.

Wenn wir mit unserer Unterhaltung fertig sind, bringe ich dich in deine Zelle zurück.« Dabei spannte er allerdings den Arm an, den er um ihr Kreuz gelegt hatte. Seine Körpersprache strafte seine Worte Lügen und sie hatte das Gefühl, als wolle er sie gar nicht zurückbringen, sondern sie weiterhin festhalten.

Wie interessant.

Laut dem, was Aidan und Luc ihr erzählt hatten, hatten Seraphim keine Gefühle. Sie waren stoische Wesen, die die Vernunft den Emotionen vorzogen. Gabriel schien sich mit diesem Konzept schwerzutun. War das der Grund, warum er mit ihr über Empathie sprechen wollte? Wollte er verstehen, wie man fühlt?

Denn das konnte sie ihm beibringen.

Solange er zustimmte, sie weiterhin im Arm zu halten. Denn er fühlte sich so gut an. Sie verspürte ein Gefühl der Geborgenheit, als wäre sie zu Hause angekommen. Er war so unglaublich warm, so männlich und stark. Sie fühlte sich *sicher*.

Clara gab dem Drang nach und schmiegte sich an seine Brust, woraufhin er einen erstickten Laut ausstieß. Sein Arm war wie versteinert an ihrem Rücken und er drückte ihre Hand noch fester. Es war nicht schmerzhaft, sondern eher eine ... besitzergreifende Geste.

Sie blickte ihn wieder an und sah diesmal, wie seine Nasenflügel bebten. »Was machst du da?«, fragte er mit angespannter Stimme.

»Ich genieße die Berührung.«

»Warum?«

»Weil ich sie den Worten vorziehe.«

»Warum?«, wiederholte er.

»Worte können Lügen. Taten nicht.«

Er starrte sie an. »Taten können durchaus mit Lügen verbunden sein. Ich habe Stas einmal zu einer Prüfung bei der CRF verleitet, von der ich wusste, dass sie ihr Schmerzen bereiten würde, nur um meine Tarnung aufrechtzuerhalten. Aber das heißt nicht, dass ich ihr Schaden zufügen wollte. Ich wusste allerdings, dass es sie überleben würde, da sie ein Seraph ist.«

Das war wahrscheinlich das meiste, was er bisher zu ihr gesagt hatte, wobei Clara nur von dem geschmeidigen Tenor seiner Stimme fasziniert war. Sie konnte auch einen Anflug von Bedauern in seinem Blick erkennen. Sie fragte sich, ob ihm überhaupt bewusst war, dass seine Aussage klang, als hätte er ihr gerade eine Sünde gebeichtet, die er sich von der Seele reden wollte.

»Im Zuge einer Handlung lassen sich Unwahrheiten leichter erkennen«, antwortete sie gedehnt. »Dabei ist es immer offensichtlich, wenn eine Tat nicht von Herzen kommt.« Sie nahm an, dass bei dem Ereignis, das er gerade beschrieben hatte, auf die eine oder andere Weise auch sein Unbehagen zum Ausdruck gekommen war.

Vielleicht hatte er sein Missfallen auch unter einem Schleier des Gleichmuts verborgen.

Da er sie allerdings immer noch im Arm hielt, schloss sie daraus, dass er vielleicht doch nicht so viel Kontrolle über seine Emotionen hatte, wie er zu glauben schien. Er hatte weder versucht, sie von sich zu stoßen, noch hatte er seine Arme von ihr gelöst. Er hielt sie einfach weiter fest, als wollte er sie nicht mehr loslassen.

Es machte ihr nichts aus.

Es fühlte sich gut an.

»Wenn man in seinen Taten das Herz vermissen lässt, dann hat das auch etwas mit Emotionen zu tun«, sagte er nach einem Moment des Schweigens. »Aber Seraphim fühlen nicht. Ihre Taten sind ausschließlich praktischer Natur. In letzter Zeit wächst in mir jedoch der Verdacht, dass viele ihrer Handlungen auf Lügen beruhen.«

»Ist das ein Geständnis oder eine Beobachtung?«, fragte sie sich laut.

»Ich denke, es könnte beides sein.« Er zog die Mundwinkel nach unten. »Du verhext mich schon wieder.«

»Ich verhexe dich?«

»Ja.« Er musterte sie einen Moment, doch in seinen hellgrünen Augen war keinerlei Regung zu sehen. »Deine empathische Fähigkeit ruft in mir Nebenwirkungen hervor.«

Sie runzelte die Stirn. »Was meinst du damit?«

»Als ich mir dein Blut einverleibt habe, habe ich mir deine Fähigkeit geliehen. Es sollte nur vorübergehend sein, um die Stärke meiner Emotionen zu testen, bevor ich dem Hohen Rat von Seraph gegenübertrete. Allerdings haben sich dabei ein paar Mängel eingeschlichen, die ich gern beheben würde.«

Clara blinzelte ihn an. Er hatte an dem Tag

erwähnt, dass er eine Blutprobe von ihr brauchte, aber niemand hatte ihr den Grund dafür genannt. Sie waren alle zu sehr mit der Enthüllung ihrer Unschuld beschäftigt gewesen. Selbst sie hatte vergessen, sie danach zu fragen. Zum Teil war es ihr egal gewesen, da sie durch sein Handeln letztendlich befreit worden war.

Aber jetzt hatte er ihr einen Grund geliefert.

»Was ist der Hohe Rat von Seraph?«, fragte sie. »Und warum musstest du die Stärke deiner Emotionen testen?«

Er hatte seine Arme weiterhin fest um sie geschlungen, doch aus seinem Gesicht konnte sie immer noch nichts ablesen. »Der Hohe Rat von Seraph ist die Regierung der Seraphim. Wenn ich den Mitgliedern gegenübertrete und dabei einen Anflug von Emotionen zeige, könnte das eine Rehabilitationsstrafe nach sich ziehen, die ich gern vermeiden würde.«

»Oh.« Sie rundete die Lippen, während ihr Verstand die Information verarbeitete. Tristan hatte ihr von Gabriels wahrer Existenz erzählt, doch sie war weder ihm noch einem anderen Seraph je zuvor begegnet. Scheinbar konnten sie sich unsichtbar machen und sich teleportieren. Und sich die Fähigkeiten anderer aneignen, indem sie ihr Blut tranken.

Das war ganz und gar nicht erschreckend.

»Leider hat deine empathische Fähigkeit einen bleibenden Eindruck hinterlassen«, fuhr er fort, wobei er nicht ahnte, was gerade in ihrem Kopf vorging. »Und das bringt mich zurück zu dem Grund für meinen Besuch in deiner Zelle. Du musst mir helfen, das

Empfindungsvermögen zu beseitigen, das offenbar noch durch meinen Blutkreislauf strömt.«

»Äh, vielleicht solltest du besser mit B sprechen«, schlug sie vor. »Er kann Emotionen manipulieren. Ich spüre sie nur.« Obwohl sie in Gabriels Fall nicht das Geringste wahrnahm. Abgesehen von seinem stahlharten Körper natürlich, doch in emotionaler Hinsicht war er ein unbeschriebenes Blatt. Auf sie hatte das eine beruhigende Wirkung, denn es konnte durchaus anstrengend sein, wenn die Emotionen eines anderen sich mit den eigenen vermengten.

»Balthazar ist mit der Entbindung von Lizzies Baby beschäftigt«, antwortete Gabriel. »Ich …«

»Sie liegt in den Wehen?«, warf Clara ein. »Jetzt schon? Lizzie ist doch erst seit ein paar Monaten schwanger.« Es konnten höchstens vier sein. »Ist alles in Ordnung?«

»Ich bin sicher, es geht ihr gut.« In Gabriels Tonfall lag ein Hauch von Ungeduld. »Mir allerdings weniger. Also musst du mir helfen.«

Sie betrachtete ihn einen Moment und bemerkte die Anspannung um seine Augen. Vor ein paar Sekunden war sie noch nicht da gewesen, doch jetzt verlieh sie ihm einen leicht verzweifelten Ausdruck, und sie nahm an, dass er dieses Gefühl für gewöhnlich nicht empfand.

»Was genau fühlst du?« Vielleicht stand sein Problem gar nicht mit ihren Gefühlen in Verbindung, sondern war auf etwas völlig anderes zurückzuführen.

»Ich …« Er spannte eindeutig frustriert die Kiefermuskeln an. »*Alles.*« Seine Stirn legte sich in

Falten, als sein Blick zuerst auf sie und dann auf ihre Arme fiel. »Wir umarmen uns«, stellte er fest und lockerte sofort seinen Griff um ihren Körper. »So etwas tue ich nicht.«

Er löste sich von ihr, als hätte sie ihn verbrannt, und begann dann, auf und ab zu gehen. »Du hast mich verhext«, warf er ein. »So kann es nicht weitergehen. Du musst es wieder geradebiegen.« Er blieb stehen und wandte sich ihr zu. »Sag mir, wie ich es wieder in Ordnung bringen kann.«

Ihr war plötzlich kalt, denn das Handtuch, das sie um sich geschlungen hatte, konnte die natürliche Wärme seines Körpers nicht ersetzen. Aber er war nicht hier, um sie zu trösten, sondern weil er ihre Hilfe brauchte. Und da er sie gerettet hatte, schuldete sie ihm im Gegenzug mehr oder weniger einen Gefallen. Es war also eine faire Bitte.

Allerdings hatte sie keine Ahnung, wo sie anfangen sollte.

»Kannst du mir die Emotionen beschreiben, die du empfindest?«, fragte sie. »Vielleicht können wir damit anfangen und uns zurück arbeiten, damit du ... die Emotion entfernen kannst.« Dies war wahrscheinlich einer dieser Momente, in denen sie erst nachdenken sollte, bevor sie ihre Gedanken laut aussprach. Denn diese Überlegung klang absolut lächerlich.

*Wie kann man eine Emotion entfernen? Ja, gut gemacht, Clara*, schimpfte sie mit sich selbst.

Gabriel schien ihre Idee jedoch in Erwägung zu ziehen. »Du meinst also, ich muss die Emotionen identifizieren, um sie blockieren zu können?«, sagte er gedehnt.

»Äh, im Grunde ja, aber …«

»Das heißt, ich muss die Gefühle besser verstehen, um zu wissen, was sie bedeuten«, fuhr er fort, ohne ihr zuzuhören. Vielleicht ignorierte er sie auch einfach.

»Äh, das könnte hilfreich sein«, begann sie, wobei sie sich nicht einmal sicher war, wie sie den Satz beenden sollte.

»Denn auf diese Weise könnte ich herausfinden, woran die Empfindungen gekoppelt sind, und sie im Keim ersticken.« Er nickte und begann wieder, auf und ab zu gehen. »Ja. Das könnte funktionieren. Aber ich müsste mehr über die Gefühle wissen, um sie identifizieren zu können.«

»Ich kann keinerlei Empfindungen von dir wahrnehmen«, sagte sie leise. »Daher weiß ich nicht, wie ich dir in dieser Hinsicht helfen kann.«

»Deine empathischen Fähigkeiten werden auch bei mir Wirkung zeigen, wenn ich noch einmal von dir trinke«, erwiderte er, als er erneut vor ihr stehen blieb. »Ich brauche noch mehr von deinem Blut. Dann kannst du mir helfen, die Gefühle zu verstehen, und ich werde in der Lage sein, die Quelle der Empfindungen zu vernichten.« Plötzlich hatte er ein Messer in der Hand und sie machte einen Satz zurück.

»Einen Moment mal. Nicht so schnell.«

»Ich werde dir nur in den Unterarm schneiden, wie beim letzten Mal«, sagte er und trat einen Schritt auf sie zu.

Sie wich zur Seite aus und hob eine Hand, um ihn aufzuhalten. »Gabriel. Warte.«

Er hielt mitten in der Bewegung inne und runzelte die Stirn. »Ich verstehe nicht. Das war doch deine Idee. Habe ich sie etwa falsch interpretiert?«

Es war ihre Idee? Sie hatte ihn gebeten, seine Gefühle zu beschreiben, und nicht, ihr in den Arm zu schneiden. Er war ganz allein zu diesem Schluss gekommen. Sicher, der Plan hatte seine Vorzüge, aber … »Ich brauche einen Moment, um mich, äh, an den Gedanken zu gewöhnen.« *Und auch an so ziemlich alles andere*, fügte sie im Geiste hinzu.

Es war eine ganze Menge, die sie erst einmal verarbeiten musste. Sie hatte eigentlich nur duschen wollen, um sich den Schmutz der Zelle von ihrem Körper zu waschen. Doch dann war er wie ein Engel der Nacht erschienen, nur um sie nach New York zu entführen. Jetzt stand sie in einem Handtuch vor ihm und er wollte sie mit einem Messer schneiden.

Sie beäugte die Klinge und musste schlucken.

»Das ist eine so unpersönliche Art, Blut zu trinken«, flüsterte sie, mehr zu sich selbst als an ihn gerichtet.

»Es ist praktisch.«

»Tatsächlich?« Sie erschauderte bei dem Gedanken an die Stahlklinge auf ihrer Haut. »Beim letzten Mal hast du nur ein paar Tropfen getrunken.«

»Mehr brauche ich nicht.«

»Dann wirst du dir also keine größere Dosis meiner Fähigkeiten einverleiben, wenn du mehr trinkst?« Sie war sich nicht sicher, wie die Aufnahme von Blut auf den Kreislauf eines Seraphs wirkte, aber sie wusste, dass sie ihr ichorianisches Bedürfnis nach menschlichem Blut länger stillen konnte, wenn sie eine größere Menge trank.

Er musterte sie wieder, wobei sie sein nachdenkliches Schweigen zwar einschüchterte, gleichzeitig war sie aber auch dankbar dafür. Sie konnte sich nicht daran erinnern, wann jemand sie das letzte Mal so ernst genommen hatte. Alle sahen in ihr immer die sanftmütige und liebreizende Frau, nahmen jedoch nie die intellektuelle Seite an ihr wahr. Das lag vor allem daran, dass sie ihre Gedanken nie laut aussprach. Balthazar hörte sie oft, doch sie sah ihn nicht sehr häufig und wenn doch, missbrauchte er ihr Vertrauen nicht und behielt sie für sich.

Sie hatte es immer bevorzugt.

In Gabriels Fall gefiel es ihr jedoch, dass er ihr seine Aufmerksamkeit schenkte und ihr zuhörte.

»Du hast recht«, sagte er schließlich. »Vielleicht sollte ich mehr trinken. Soll ich dir das Handgelenk aufschneiden?«

Sie riss die Augen auf. »Wie bitte? Nein!« Das hatte sie damit nicht bezwecken wollen. »Warum kannst du mich nicht einfach beißen, wie, nun ja, wie ein Ichorianer es tun würde?«

»Das ist eine intime Handlung.«

»Ich bin eine Empathin«, entgegnete sie. »Alles an mir ist intim.«

Es folgte wieder Schweigen.

Und er musterte sie von Neuem.

Sie schluckte. Er betrachtete sie mit einem eindringlichen Blick, der ihr einen Schauer über den Rücken jagte. Seine markanten Gesichtszüge wurden durch das schwache Licht, das durch die raumhohen Fenster neben ihnen einfiel, noch betont.

Gabriel sah genau so aus, wie man es von einem Engel erwartete. Die vom Wind zerzausten blonden Strähnen, von denen ihm eine immer wieder ins Auge fiel, die definierten Wangenknochen und der gemeißelte Kiefer verliehen ihm ein himmlisches Äußeres.

Es war fast schon unheimlich, wie symmetrisch und makellos sein Gesicht war. Er war atemberaubend attraktiv und der Typ Mann, nach dem sich die Frauen zweimal umdrehen würden, wenn er eine Kneipe betrat.

Genau wie B und Luc.

Gabriel ließ allerdings deren sexuelle Umtriebigkeit vermissen. Stattdessen strahlte er Gleichgültigkeit aus. Wahrscheinlich hatte das zur Folge, dass viele Frauen ihm nachstellten, weil sie den Versuch unternehmen wollten, seine undurchdringlichen Mauern zu durchbrechen.

»Also gut«, murmelte er und steckte die Klinge zurück in die Tasche seiner Jeans. »Wo soll ich dich beißen?«

Sie starrte ihn an. »Ist das dein Ernst?«

»Ich scherze nicht«, antwortete er schlicht. »Also ja. Es ist mein Ernst. Ich habe noch nie jemanden gebissen. Aber da du es der Klinge vorziehst, werde ich dir den Gefallen tun. Ich brauche allerdings deine Hilfe, also erwarte ich, dass du dich dadurch einverstanden erklärst.«

So praktische Worte.

Sie bemerkte jedoch das Beben seiner Nasenflügel, als er ihr sagte, dass er noch nie jemanden gebissen hatte. Die Aussicht, dass sie seine Erste sein würde, schien ihn zu faszinieren. War es für einen angeblich stoischen Seraph normal, Neugierde zu zeigen?

Sie räusperte sich. »Ich, äh, würde meinen Hals vorziehen.« Dadurch hätte sie die Möglichkeit, seinen Körper an dem ihren zu spüren und ein wenig länger aus seiner Kraft zu schöpfen. Sie hatte schon zu lange ohne die Berührung eines anderen gelebt und fühlte sich innerlich leer und kalt.

Das war die Kehrseite ihrer Fähigkeit. Sie verbrachte so viel Zeit damit, von Gefühlen umgeben zu sein, dass sie nicht wusste, wie sie damit umgehen sollte, wenn sie ihr entzogen wurden. Sie sehnte sich ständig nach der Wärme eines anderen und wollte einfach nur gehalten und von Liebe umhüllt werden.

Gabriel würde ihr das nicht bieten können, aber er war zumindest imstande, ihr Wärme zu geben.

»Die Arterie an deinem Hals wird mir geben, was ich brauche«, sagte er. »Ich akzeptiere deinen Vorschlag.«

Sein ernster Tonfall hätte ihr fast ein Lächeln entlockt, doch er kam bereits auf sie zu. Diesmal packte er ihre Hüfte, um sie daran zu hindern, ihm auszuweichen, während er die Finger der anderen Hand in ihrem feuchten Haar verwob.

Die Berührung war so intim.

Sein sauberer Duft stieg ihr in die Nase und überwältigte ihre Sinne.

Dann beugte er den Kopf vor. »Es tut mir leid, falls es wehtut«, sagte er mit schroffer Stimme an ihrer Haut. Dann versenkte er die Zähne in ihrer Vene. Ein schmerzhafter Stich durchzuckte ihre Wirbelsäule, auf den sogleich eine Welle der Ekstase folgte, wie sie sie noch nie zuvor erlebt hatte.

Verdammt. Dieser Mann war anders als alle anderen, die sie je getroffen hatte.

Er hielt sich nicht mit einem Vorspiel auf.

Er warnte sie nicht vor.

Sondern handelte einfach.

Sie krallte sich in sein Hemd und hielt sich an ihm fest. Seine Umarmung erweckte ein so starkes Gefühl der Lust in ihr, dass ihre Knie nachzugeben drohten.

Es war so rein.

So heiß.

*Glückseligkeit.*

*Oh Gott*, dachte sie und bebte am ganzen Körper. *Er wird mich nur mit seinem Mund zum Orgasmus bringen, dabei sind wir nicht einmal intim geworden.*

Sie spannte die Schenkel an, als die Hitze in ihrem Inneren außer Kontrolle zu geraten schien. Sie dachte daran, ihm Einhalt zu gebieten, doch er ließ seine Hand von ihrer Hüfte an ihren Rücken wandern, um sie noch dichter an sich zu ziehen.

Und sein Interesse war nicht von der Hand zu weisen.

*Scheiße.* Sie war jetzt in der Lage, seine Emotionen wahrzunehmen. Sie wirbelten wie ein ungestümer Tornado durch sie hindurch, der drohte sie beide zu zerstören, wenn er nicht gebändigt wurde.

Doch dieser Wirbelwind der Emotionen trieb ihre eigenen Gefühle in ungeahnte Höhen und sie stürzte kopfüber ins Auge des aufziehenden Sturms, in dem sie gemeinsam in einem Strudel der Emotionen explodierten, der ihr den Atem raubte.

Konnte er es auch fühlen? Diese Lust, die sich über ihnen ergoss und ihr Blut in Wallung brachte? Die ihre Schenkel feucht und seinen Schaft hart werden ließ?

Sie zitterte, als sie seinen Namen ausstieß, während ihr Verstand sich in den Empfindungen ihrer wachsenden Erregung verlor.

*Ich sollte es beenden*, dachte sie. *Ich sollte ... ich sollte weglaufen. Ich ... ich weiß nicht wie. Oh, oh, wunderbar ...* Sie stöhnte auf, als er seine harte Männlichkeit an ihren Unterleib presste, während sein Körper ihr die Erleichterung verschaffte, auf die sie schon viel zu lange verzichtet hatte.

»Gabriel ...«

Er bebte am ganzen Körper, als er seinen Kopf wieder zurückzog. »Was ist das?«, fragte er mit heiserer Stimme. »Wie hast du mich jetzt wieder verhext?«

»Anziehungskraft«, brachte sie heraus, wobei ihre Zunge wie belegt war. »Gegenseitige ... Anziehungskraft.«

Nein. Das war nicht gut genug. Sie hatte zuvor schon gegenseitige Anziehungskraft gespürt. Das hier ...

ging weit darüber hinaus. Dieses Gefühl existierte auf einer völlig neuen Daseinsebene. Er hatte ihre Kraft geerbt, die nun wiederum auf sie einwirkte und die Gefühle zwischen ihnen bis hin zu einer unbändigen Begierde steigerte, die gefährliche Ausmaße annahm.

Ihre Knie gaben nach, doch er hielt sie mit einem Arm um ihre Taille aufrecht, wobei er den Griff in ihrem Haar festigte. »Ich habe zuvor schon gefickt«, sagte er mit einem vorwurfsvollen Unterton in der Stimme, »aber *so etwas* habe ich noch nie erlebt.«

Sie war sich nicht sicher, was genau er damit meinte, nickte aber trotzdem. Denn sie hatte so etwas auch noch nie gespürt.

»Was machst du mit mir?«, fragte er, als er seinen Schwanz an ihren Körper presste und sich an ihr rieb.

Sie stöhnte auf, als das Handtuch auf ihrer Haut scheuerte.

Er zog den Kopf zurück und blickte auf sie herab. Seine Pupillen waren geweitet, während ein Ausdruck von Wut und Verlangen in seinen Augen lag, der sich mit einer Reihe anderer Emotionen vermischte und den Wirbelwind der Gefühle für sie beide ins Unermessliche steigerte. »Kleine Hexe«, beschuldigte er sie, wobei sein Blick zu ihrem Mund wanderte. »Ich … sag mir, wie ich es aufhalten kann.«

Sie schüttelte den Kopf und war nicht imstande, ihm zu antworten. Denn sie wusste es nicht. Sie *wollte* es einfach. »Küss mich«, flehte sie ihn an. »Tu etwas. Irgendetwas.« Sie war von seinem Biss nicht zum Höhepunkt gekommen, aber sie hatte so kurz davor gestanden. Sie sehnte sich nach mehr und wollte *alles*, was er zu geben bereit war. »Bitte, Gabriel. Bitte.«

Er starrte sie an und für den Bruchteil einer Sekunde spürte sie ihren bevorstehenden Tod. Sie konnte seine Entschlossenheit fühlen.

Doch im nächsten Atemzug war das Gefühl verschwunden, als er ihren Mund mit dem seinen bedeckte und ihre Erregung in einem Inferno entbrennen ließ. Seine Zunge allein reichte aus, damit sie sich in ihm verlor.

Er hatte von ihr Besitz ergriffen.

Völlig und vollkommen.

Er durfte nur nicht aufhören, sie zu berühren.

# KAPITEL DREI

## GABRIEL

GABRIEL KONNTE NICHT AUFHÖREN, Clara zu küssen.

Er konnte nicht aufhören, sie zu streicheln.

Er konnte nicht aufhören, sich den Empfindungen hinzugeben, die seinen Oberkörper durchströmten.

*Verdammt.*

So etwas hatte er noch nie erlebt. Sein Körper war derart angespannt, dass er glaubte, jeden Moment explodieren zu müssen, dabei war er noch nicht einmal in sie eingedrungen. Es ergab keinen Sinn, und doch entschied er sich zum ersten Mal in seinem Leben, nicht nach einem praktischen Ausweg zu suchen.

Stattdessen erlaubte er sich, zu *fühlen.*

Es war so heiß.

So verdammt heiß.

Er riss das Handtuch von Claras Körper und schluckte ihren überraschten Schrei. Er hatte seine Finger noch immer in ihrem Haar verwoben und presste sie an sich, während er sie mit seinem Mund verschlang.

Sex hatte für ihn nie eine Bedeutung gehabt.

Dennoch würde er sterben, wenn er sich jetzt von ihr losriss.

All seine Prinzipien und alles, was er in der Vergangenheit gelernt hatte, durchfluteten seinen Verstand und versuchten, ihn zur Vernunft zu bringen, doch er war blind. Es sah nur noch Clara. Ihre nackten Brüste, die sie gegen seinen Oberkörper presste. Ihren schlanken Hals, an dem Blut herunterrann, das aus der Wunde quoll, die er ihr zugefügt hatte. Ihren schnellen Atem und ihre vollen Lippen.

Er küsste sie noch heftiger und beherrschte sie mit seiner Zunge. Er stöhnte auf, als sie seine Begierde mit erregten Lauten erwiderte.

All die Jahrzehnte seines Lebens verblassten im Vergleich zu dieser Leidenschaft. Diesem Gefühl. Diesem heftigen Bedürfnis, sie zu ficken.

Genau das hatten seine vorherigen Eroberungen vermissen lassen – diese Sehnsucht, die ihn auf eine neue Daseinsebene katapultierte.

Hier gab es keine Logik.

Keine Vernunft.

Keine Erlasse.

Es existierte nur Lust.

Sie hüllte ihn vollständig ein und verzehrte jeden seiner Gedanken und jede seiner Handlungen. Sein Schwanz pulsierte vor Sehnsucht und seine Hoden flehten ihn förmlich an, während sein Magen sich vor Begierde zusammenzog.

»Clara.« Ihr Name klang wie ein Knurren aus seinem Mund, während er sie noch fester um die Hüfte packte und versuchte, sie noch dichter an sich zu ziehen. Doch sie hatte sich bereits an ihn geschmiegt und krallte sich in sein Hemd, als wollte sie ihn nie wieder loslassen.

Ein Teil von ihm erwog, sich in einen anderen Raum oder an einen anderen Ort zu teleportieren, um diesem Wahnsinn zu entkommen. Doch ein anderer Teil von ihm, der viel machtvoller war, schrie protestierend auf und sagte ihm, dass er ohne diese Leidenschaft nicht überleben würde.

Sein Verstand drehte sich und versuchte, Fiktion von Wahrheit zu unterscheiden, nur um sich sofort wieder von Claras Mund ablenken zu lassen.

Er hatte aufgehört, sie zu küssen, als er ihren Namen aussprach.

Das war inakzeptabel.

Er presste seine Lippen auf die ihren und schwor, sich nie wieder von ihr zu lösen.

Er ließ ihr Haar los, um ihre Hüften zu packen und sie hochzuheben. Sie umschlang seine Taille mit ihren athletischen Beinen und ließ ihre Hände nach oben zu seinen Schultern gleiten.

Es war nicht genug.

Er wollte sie beide nackt. Er wollte in ihr sein. Und sie *ficken*.

Sein Unterleib spannte sich bei dem Gedanken an, während sein Schaft unvorstellbar hart wurde. Normalerweise musste er seinem Körper befehlen, eine Reaktion zu zeigen, doch mit Clara war es anders. Zum ersten Mal in seinem Leben ließ er sich von seinem Körper leiten.

Er ging mit ihr in sein Schlafzimmer, wobei er sich nicht die Mühe machte, das Licht anzuschalten oder die Jalousien zu schließen. Sollte doch die ganze Welt zusehen, wenn sie wollte. Der Gedanke faszinierte ihn.

Würden die anderen ihn beneiden?

Würden sie die Frau begehren, die ihn so fest umschlang, als sei er der einzige Grund für ihre Existenz?

Hm, es war ein verlockender Gedanke. Er würde später weiter darauf eingehen müssen, nachdem er die erste Anspannung ein wenig gelöst hatte. Falls das überhaupt möglich war.

Er legte sie aufs Bett, wobei die flauschige Bettdecke das nackte Luder in ein Meer aus Schwarz hüllte. Sie blickte zu ihm auf und er konnte das Verlangen sehen, das in ihren blauen Augen funkelte, während ihre geschwollenen Lippen von den Spuren ihres Kusses gezeichnet waren.

Es war das Schönste, was er je gesehen hatte, und sogar atemberaubender als alle Farben des Rates.

Clara brauchte keine Flügel, um ihren Körper vollkommen erscheinen zu lassen. Sie war auch ohne Federn wunderschön. Er wollte sie mit seiner Zunge verehren und jeden Zentimeter ihrer zarten Haut schmecken. Doch dann fiel sein Blick auf ihre Brüste und die rosigen Nippel, die zu ihm aufragten und ihn anflehten, sie zu küssen.

Bei dem Gedanken geriet sein Blut in Wallung und ein fremdartiger Schmerz in seiner Leistengegend drängte ihn, dort den Anfang zu machen.

Er zog sein Hemd über den Kopf und knöpfte seine Hose auf, um seiner pochenden Männlichkeit ein wenig Freiheit zu verschaffen. Dann zog er die Schuhe aus und legte sich auf sie. Er ließ seinen Mund über ihre zarte Haut wandern, bevor er über ihrer harten Brustwarze innehielt.

Clara entfuhr ein Seufzen, als sie mit ihren schlanken Fingern durch sein Haar fuhr, um ihn an sich zu ziehen. Er nahm das als ein Zeichen ihrer Zustimmung und liebkoste den Nippel nach Herzenslust, bevor er seine Zähne in der Wölbung ihrer Brust versenkte.

Sie stieß einen Schrei aus, in den sich sowohl Verzückung als auch Schmerzen mischten, während ihr Körper heftig unter ihm bebte.

*Ein Orgasmus*, erkannte er und spannte bei dem Gedanken sämtliche Muskeln in seinem Körper an.

Er hatte noch nie eine Frau gesehen, die sich auf diese Weise fallen lassen konnte.

Natürlich hatten die Frauen, mit denen er zuvor geschlafen hatte, auch Lust empfunden. Doch Clara glich einer Göttin im Rausch der Leidenschaft, als sie mit glasigen Augen voller Begierde zu ihm aufsah.

Er spürte durch seine Hose, wie feucht sie war, als sie mit gespreizten Beinen seine Hüften umschlang.

*Wie sie wohl schmeckt?*, fragte er sich, als ihm der liebliche Duft ihrer Erregung in die Nase stieg. Es gab nur einen Weg, es herauszufinden.

Er küsste die Bissstelle auf ihrer Brust und wanderte mit seinen Lippen weiter nach unten, wobei er immer wieder ihre Haut liebkoste. Sie festigte den Griff in seinem Haar und wölbte sich auf, als er sich zwischen ihren Schenkeln niederließ.

»Du riechst essbar«, flüsterte er an ihrem feuchten Fleisch, als ihm bereits das Wasser im Mund zusammenlief. »Vielleicht werde ich nie wieder damit aufhören, Clara.«

Als Antwort auf seine Worte erzitterte sie und ein Schrei entfuhr ihrem hübschen Mund, als er mit der Zunge über ihre zarte Spalte glitt. *Verdammt.* Sie schmeckte besser als erwartet. Er hatte immer noch ihr warmes Blut auf der Zunge und genoss nun die Mischung der Aromen.

Süß.

Würzig.

Süchtig machend.

»Gabriel.« Als sie seinen Namen aussprach, schwang ein Schnurren in ihrer Stimme mit, was seinen Schwanz noch härter werden ließ. Bisher war ihm nicht aufgefallen, wie eng seine Hose war, doch der Reißverschluss drückte schmerzhaft gegen seine Männlichkeit. Er ignorierte das Gefühl jedoch und leckte noch einmal genüsslich über ihr Fleisch.

Sie schmeckte so verdammt gut.

Sie zitterte und spannte die Schenkel um ihn an, was ihn ermutigte weiterzumachen. Er fand ihre Klitoris und saugte daran, während er ihr ins Gesicht sah, um ihre Reaktionen darin ablesen zu können.

Wenn er mehr Druck ausübte, rötete sich ihre Haut vor Erregung, und ihr Verlangen erwärmte die Luft.

Wenn er etwas nachließ, erbebte sie und er konnte anhand seiner geliehenen emphatischen Fähigkeit einen Anflug gequälter Begierde spüren.

*Faszinierend.*

Mit jeder Handlung löste er eine neue Reaktion aus, die er mit Leichtigkeit deuten konnte, da sich ihr Blut mit dem seinen vermengte.

Es war so viel besser als die Farben und die Klarheit der seraphischen Welt.

Denn er genoss es, ihr Lust zu bereiten. Ihre Erregung intensivierte seine eigenen lustvollen Empfindungen und trieb sie in ungeahnte Höhen, die er nie für möglich gehalten hätte.

Warum hatte er das sein ganzes Leben lang vermieden?

Warum würden sich die Seraphim dazu entschließen, einem solchen Phänomen abzuschwören?

Er staunte über die Komplexität seiner Empfindungen, als eine elektrische Spannung durch seinen Blutkreislauf floss und ein heftiger Sog seinen Unterleib erfasste. Sein Schwanz schmerzte und drängte nach Freiheit, woraufhin er sich seiner Jeans entledigte.

Er behielt die Boxershorts an, denn der Baumwollstoff erlaubte ihm genügend Bewegungsfreiheit, damit er sich weiter Claras Geschmack hingeben konnte. Sie wand sich unter seiner Berührung und spannte den Körper an, als sie erneut auf einen Höhepunkt zutrieb.

Er umschloss ihre geschwollene Knospe mit seinen Zähnen und zwang sie, noch einmal über den Abgrund zu fallen, wobei sie einen Schrei ausstieß, der wie Sirenengesang in seinen Ohren klang.

Sie bebte am ganzen Körper, als die Welle der Ekstase sie durchströmte und drohte ihn mitzureißen, obwohl sein Schwanz nicht einmal in die Nähe ihres heißen Unterleibs gekommen war. Er stöhnte auf, als sein Verlangen nach ihr derart stark wurde, dass er gezwungen war, seine Boxershorts auszuziehen und seinen schmerzenden Schaft zu streicheln.

Ihm war nach Gewalt zumute.

Er war wie von Sinnen.

Er war wütend darüber, dass er die Kontrolle über sich verloren hatte.

Denn er war den Anforderungen seines Körpers ganz und gar ausgeliefert.

Er brauchte Erleichterung. Er musste zum Höhepunkt kommen und sich von ihrer feuchten Wärme umhüllen lassen.

»Clara.« Ihr Name klang wie ein Flehen aus seinem Mund, während in seiner Stimme ein harscher Unterton mitschwang, den er noch nie zuvor gehört hatte. Er wusste nicht, wie er sich bewegen oder wie er atmen sollte, er konnte nichts anderes tun, als sich mit heftigen, schnellen Bewegungen selbst zu streicheln.

Sie legte eine Hand auf die seine und beruhigte ihn mit ihrer sanften Stimme, die wie eine hypnotische Liebkosung in seinen Ohren klang. »Ich will dich in mir spüren, Gabriel.«

Verdammt, das wollte er auch. Mehr als sonst etwas in seinem Leben.

Er warf all seine Pflichten und Gelübde über Bord und ersetzte sie durch das alleinige Ziel, diese Frau zu nehmen. Er wurde von dem Verlangen verzehrt. Es raubte ihm die Sinne. Es zerstörte ihn. Nur, um als neuer Mann wiedergeboren zu werden, der in der Leidenschaft und dem Sex seine Bestimmung fand.

Er wusste nicht mehr, wie es dazu gekommen war, aber er wollte nicht darüber nachdenken. Er wollte nur noch sie. Wollte diesen Moment genießen. Und Erfüllung finden.

Sie spreizte die Beine noch weiter und lockte ihn mit ihrer feuchten Hitze. Er streichelte noch einmal über seinen Schwanz, während ihre Hand noch immer auf der seinen lag, dann kniete er sich über sie und positionierte sich zwischen ihren Schenkeln.

Er hatte das Gefühl, dass der Himmel selbst die pochende Spitze seines Schwanzes küsste, als er in die feuchte Hitze eindrang, die ihn mit einem einzigen Stoß aufnahm. Seiner Kehle entfuhr ein erstickter Laut, als das Gefühl, in ihr zu sein, ihn völlig vereinnahmte und ihn um den Verstand brachte.

Er existierte einfach.

Er war nur noch ein Wesen der Lust.

Getrieben von unmoralischem Verlangen und verdorbenen Begierden.

Eine Million Ideen durchzuckten ihn auf einmal, von denen eine schmutziger als die andere war. Er wollte diese Frau dominieren, sie mit seinem Saft füllen und sie dazu bringen, von ihm zu trinken. Er wollte ihre Seele brandmarken. Und dann wollte er von vorn beginnen und sie immer und immer wieder nehmen, bis sie nur noch geistlose Kreaturen waren, die von ihren Empfindungen derart überwältigt wurden, dass sie sich nicht mehr bewegen konnten.

Er drang mit kraftvollen Stößen immer wieder in sie ein und entlockte ihr ein scharfes Keuchen.

*Mehr.*

Er stieß noch heftiger in sie hinein, woraufhin sie die Fingernägel über seine Arme gleiten ließ.

*Ja.*

Er legte eine Hand an ihre Wange und küsste sie, während er mit der anderen Hand ihre Hüfte packte, um ihre Bewegungen zu leiten. Sie schob die Zunge in seinen Mund und forderte ihn zu einem intimen Tanz auf, den er bereitwillig erwiderte.

Sie wimmerte.

Er stöhnte.

Sie schrie auf.

Er knurrte.

Es war eine Mischung aus animalischen Lauten, die ihn vorwärtstrieb und sein Tempo zu einer fast brutalen Geschwindigkeit anschwellen ließ, die sie vorbehaltlos akzeptierte.

Schweiß rann über ihre Haut und untermalte die Wildheit ihres Akts. Sie waren völlig ineinander versunken und verloren sich in den Empfindungen, die zwischen ihnen flossen. Gabriel genoss das Gefühl und spürte jeden Zentimeter seines pochenden Schaftes, während er immer wieder in sie hineinstieß.

Seine Adern pulsierten voller Lebenskraft und er

erzitterte, als er kurz davor stand, über den Abgrund der Besinnungslosigkeit zu fallen. Er wollte es fühlen und musste den Höhepunkt erleben. Er sehnte sich danach, endlich zu verstehen, was er sein Leben lang verpasst hatte.

Er fühlte, wie der Druck in seinem Unterleib stärker wurde und eine Flamme entzündete, die sein Innerstes versengte.

»Verdammt«, hauchte er in ihren Mund hinein, als ihre Atemzüge sich miteinander vermengten.

Sie ließ ihre Lippen über seine Wange zu seinem Ohr gleiten. »Schneller«, forderte sie.

Das Wort schürte das Feuer in seinem Inneren und zwang ihn zum Handeln, als sie ihre Zähne über seinen Hals gleiten ließ. Sie saugte die Haut ein und entlockte seiner Kehle ein Stöhnen. Er wollte mehr davon, vor allem wollte er sie um seinen Schwanz spüren.

Nein, er wollte ihre Lippen überall fühlen. Er wollte sehen, wie sie sich mit der Zunge einen Weg entlang seines Bauches bis hinunter zu seinem Schaft bahnte. Dann würde sie ihn mit dem Mund umschließen und ihn bis zum letzten Tropfen aussaugen.

Allein der Gedanke ließ ihn fast kommen. Doch ein Teil von ihm wollte, dass sie an seiner Ekstase teilhatte und mit ihm über den Rand der Vergessenheit stürzte.

Er schob seine Hand zwischen ihre Körper und fand mit dem Daumen ihre Klitoris. Er massierte sie mit dem gleichen Druck, den er auch zuvor mit seiner Zunge ausgeübt hatte. Sie bebte am ganzen Körper und er konnte ihren heißen Atem an seinem Hals spüren.

Er erwiderte den Kuss und liebkoste ihren Hals, wobei er das Blut aufleckte, das noch auf ihrer Haut klebte. »Gabriel«, flüsterte sie. »Ich … ich *brauche* …«

»Was es auch ist, ich werde es dir geben«, versprach er, als er immer heftiger in sie hineinstieß und mittels seiner neu gewonnenen empathischen Fähigkeiten ihre Reaktion lesen konnte.

Sie war die personifizierte Wärme, während ihre Aura sich wie eine heiße Decke um ihn legte, die seine Haut küsste, bis er seine Muskeln so sehr anspannte, dass es fast schmerzte. Verdammt. Er musste explodieren, und zwar bald. Er konnte es nicht länger zurückhalten, der Strudel der Empfindungen, der sein Innerstes in Aufruhr versetzte, war einfach zu überwältigend und sehnte sich nach Erlösung.

Sie durchbohrte mit den Schneidezähnen seine Haut und sandte ihn über den Abgrund der Vergessenheit, ohne Hoffnung, je wieder davon zurückkehren zu können. Er war noch nie zuvor gebissen worden. Und dafür gab es einen Grund, der sich ihm jedoch unter der Flut der Gefühle, die ihn in einem Meer der Glückseligkeit ertränkten, entzog.

Doch er trieb allein im Ozean vor sich hin, was er nicht akzeptieren konnte. Er weigerte sich, ohne sie an den Empfindungen zu ersticken.

Er erwiderte ihren Biss und zwang sie dazu, sich mit ihm im Rausch der Besinnungslosigkeit zu verlieren. Plötzlich entstand eine seltsame Verbindung zwischen ihnen, die sie beide in einem euphorischen Strudel des lustvollen Wahnsinns in die Tiefe riss.

Er entleerte sich in ihr, während ihre feuchten Wände um ihn herum zuckten und ihn seines Lebens und seiner Bestimmung beraubten, während ihr Geist sich mit dem seinen vereinte.

Er hatte sich noch nie einem anderen Wesen so nahe gefühlt.

So ... *verbunden*.

Er riss die Augen auf und löste seinen Mund von ihrem Hals. »Scheiße!« Er versuchte, sie loszulassen, sich aus ihrem Körper zu ziehen, aber der Schaden war bereits angerichtet, wie das Blut an ihrem Mund bewies.

Er hatte sich so ruckartig von ihr gelöst, dass ihre Zähne seine Haut eingerissen hatten, aber er konnte den Schmerz nicht mehr spüren, als die Realität dessen, was sie gerade getan hatten, über ihn hereinbrach.

*Ein Blutsband.*

# KAPITEL VIER

## GABRIEL

*EIN VERDAMMTES BLUTSBAND.*

Die Worte hallten durch seine Gedanken, während sein Körper immer noch zuckte und sein Verstand sich in einem Rausch der Empfindungen verlor, die er weder bekämpfen noch ignorieren konnte.

Er spürte ihre Verwirrung. Ihre Befriedigung. Und ihr Bedürfnis nach mehr.

Er teilte das Bedürfnis, und das Verlangen, sie noch einmal zu ficken, überwältigte seine Sinne und ließ seinen Schwanz in ihr pulsieren.

Es war wie ein heftiger Sog. Eine gefährliche Mixtur der Empfindungen. Ein Zauber, gegen den er nicht ankämpfen konnte.

Seine gesamte Ausbildung zum Krieger hatte ihn nicht auf so etwas vorbereiten können.

Sie hatte ihn mit ihrem Blut verhext, ihn in diesen emotionalen Wahnsinn getrieben und ihn mit einem Biss gefangen genommen.

Es gab kein Zurück mehr.

Er konnte nur noch nach vorn blicken.

Nun hatte er nicht mehr die Möglichkeit, sie zu töten. Sie hatte sich sein Blut einverleibt und würde beginnen, sich in einen Seraph zu verwandeln. Sie war dazu bestimmt, seine Gefährtin zu sein.

Er konnte sich bereits ihre Zukunft vorstellen und sah die blassgelben Federn an ihrem Rücken, die an den Rändern rötlich gefärbt waren. Das Gelb würde die Farbe ihres Haares widerspiegeln, während die rote Färbung zu seinen Flügeln passen würde – es wäre ein Spiegelbild ihres Bandes.

Er erschauderte, als ihm bewusst wurde, dass sich sein Schicksal von einer Sekunde auf die andere verändert hatte.

Doch sein Schwanz pulsierte immer noch, flehte ihn an, sie zu ficken, und drängte ihn, seiner *Gefährtin* die Befriedigung zu geben, nach der sie sich beide sehnten.

Er liebte diese Frau nicht. Aber er begehrte sie. Und das Gefühl beruhte auf Gegenseitigkeit.

Er wusste es, denn durch ihr Blut verfügte er über ihr Einfühlungsvermögen, das er nun vielleicht für immer in sich tragen würde.

*Scheiße.* Das war nicht gut. Nicht einmal ein Jahrhundert in der Reformationskammer der Seraphim konnte ihn jetzt noch retten. Würden sie ihm zur Strafe die Flügel abnehmen? Würde er es überhaupt zulassen?

»Gabriel?«, flüsterte Clara.

In diesem Moment bemerkte er, dass sie völlig reglos unter ihm lag. Ihre Erregung hatte nachgelassen und hing nur noch als nachklingender Geruch in der Luft, der ihre Sinne nicht länger überwältigte. Er konnte sie *hören* und nahm die Besorgnis in ihren Gedanken wahr.

Denn sie konnte ihn ebenfalls hören und wusste, dass er darüber nachgedacht hatte, sie zu töten. Sie hatte gesehen, dass er ursprünglich geplant hatte, sie zu beseitigen, falls sie sich als nutzlos erweisen und ihn nicht aus seiner Notlage befreien würde. Und statt ihn zu erlösen, hatte sie ihn gebrochen.

Er vergrub das Gesicht an ihrem Hals, wobei er sich nicht sicher war, was er als Nächstes tun sollte.

Sie reagierte, indem sie ihre schlanken Arme um ihn schlang. Sie hielt ihn fest und spendete ihm Trost. Noch nie zuvor hatte es jemand gewagt, ihm mit einer solchen Geste zu begegnen.

Hauptsächlich weil die anderen alle wussten, dass es ratsam war, es nicht zu tun.

Clara war jedoch anders.

Sie behauptete, dass sie Taten den Worten vorzog, und das zeigte sie ihm jetzt, indem sie ihn weiter festhielt, obwohl sein Verstand sich gegen die Umarmung auflehnte.

Er wollte sie erwürgen.

Und sie ficken.

Und sie dann wieder erwürgen.

Sein ganzer Körper begann, unter dem Ansturm der widersprüchlichen Empfindungen zu beben, während seine praktische Veranlagung gegen seine neu gewonnene Affinität für Emotionen ankämpfte.

Er fühlte sich verloren. Gebrochen. Vernichtet von einem völlig ahnungslosen Wesen.

Von einer Frau mit weichen blonden Locken und einem Gesicht, das der Himmel selbst erschaffen hatte.

Er stützte sich mit den Ellbogen auf beiden Seiten ihres Kopfes ab und starrte auf sie herab, während sie weiterhin ihre Arme um ihn gelegt hatte.

Sie sagte nichts.

Sondern sah ihn nur an.

Ihre hübschen blauen Augen leuchteten verständig. Sie wusste, dass sie miteinander verbunden waren. Aber sie schien deshalb nicht sonderlich beunruhigt zu sein.

»Du hast mich verzaubert, kleine Hexe«, sagte er, wobei er trotz der anschuldigenden Worte mit sanfter Stimme sprach.

Sie löste eine Hand von seinem Rücken und legte sie an seine Wange. »Du hast mich gerettet, mein Schutzengel.«

Die Aussage stand in völligem Widerspruch zu seiner und er fragte sich, ob sie ihn überhaupt gehört hatte. Möglicherweise machten sie sich auch nur Geständnisse.

Diese Frau hatte seine Welt auf den Kopf gestellt und er hasste sie dafür. Aber er erkannte, inwieweit er selbst daran Schuld hatte, dass es so weit gekommen war.

Er hatte zuerst ihr Blut getrunken.

Er hatte sich zurück in ihre Zelle teleportiert.

Er hatte zugestimmt, sie zu beißen.

Dann hatte er sich in den Nachwirkungen verloren.

Und jetzt konnte er an ihrer Aura ablesen, dass sie sich der Folgen nicht bewusst gewesen war, als sie ihn ebenfalls gebissen hatte. Aber sie bereute es nicht. Sie hatte sich nähren wollen, um ihre ichorianischen Sinne zu befriedigen, und nun hatte sie ihre Quote mehr als erfüllt.

Da sein Lebenssaft jetzt durch ihren Körper strömte, würde sie nie wieder menschliches Blut trinken müssen.

Sie hob den Kopf an, um ihn zu küssen, und liebkoste mit ihren weichen Lippen die seinen. *Es wird alles gut werden,* schien sie zu sagen. *Wir werden eine Lösung finden.*

Er war ihren Handlungen hilflos ausgeliefert und erwiderte ihre Umarmung, weil es sich richtig anfühlte, nicht, weil es einen Sinn ergab.

Sie hatte seine gesamte seraphische Ausbildung zunichtegemacht und seinen Verstand umprogrammiert. Sie hatte seine Seele verzaubert.

»Wie kommt es, dass du keine Angst hast?«, fragte er. Es verblüffte ihn, wie anstandslos sie ihr Schicksal akzeptierte. »Du bist soeben mit einem seraphischen Krieger ein Blutsband eingegangen. Für die Ewigkeit.«

»Es gibt schlimmere Schicksale«, flüsterte sie.

»Das weißt du doch gar nicht.«

»Doch, das weiß ich«, entgegnete sie.

»Es ist eine lieblose Verbindung«, sagte er. »Ich werde nie fähig sein, dir mehr zu geben als Lust.«

Sie hatte ihm zwar seine Kontrolle über die Emotionen genommen, aber er war sich sicher, dass er nicht lernen konnte, sie zu lieben. Zumal sie sich irrtümlich aneinander gebunden hatten.

Sie würde ihn eher hassen lernen, bevor sie ihn

lieben würde. Aber die Liebe war für ein Blutsband nicht zwingend erforderlich. Allerdings würden sie nie wieder in der Lage sein, sich mit einem anderen Wesen sexuell zu vergnügen.

Was bedeutete, dass sie sich an ihn wenden würde, wenn sie Geborgenheit suchte.

Und sie würde die Einzige sein, die ihn in Ekstase versetzen konnte.

Letzteres beunruhigte ihn nicht. Er war Jahrzehnte ohne sie ausgekommen und konnte sich sicher wieder in Enthaltsamkeit üben.

Allerdings schien sein stahlharter Schwanz anderer Meinung zu sein. Denn selbst jetzt, in diesem von Ernsthaftigkeit erfüllten Moment, wollte er einfach nur in sie eindringen und sie beide noch einmal in die Besinnungslosigkeit reißen. Es war ein völlig unpraktischer Gedanke, den er immer wieder in Betracht zog, obwohl seine Sinne etwas anderes verlangten.

Sie hob die Hüften an. »Ich gebe mich mit Lust zufrieden.«

»Offenbar kannst du nicht klar denken.«

»Du genauso wenig«, entgegnete sie und schlang die Beine um ihn, wobei sie ihn tief in sich aufnahm. »Ich will nicht denken, sondern nur fühlen.«

Die Aussage widersprach allem, wofür er stand.

Doch sie sprach seine zerschlagene Seele an.

Denn er konnte genau das tun, er konnte fühlen, statt zu denken.

Da er mit ihr verbunden war, konnte er sich den

Emotionen und der Lust hingeben und die Tragweite der Situation vergessen. Wenn auch nur für einen Moment.

Das Problem würde auch morgen früh noch bestehen, wenn sie aufwachten.

Er würde es dann lösen.

Ja, ihm gefiel dieser Entschluss. Sie waren imstande, einfach nur zu existieren, ohne sich über die Konsequenzen Gedanken zu machen. Natürlich würden sie sich ihnen irgendwann stellen müssen. Doch solange ihre feuchte Hitze seine pochende Männlichkeit umhüllte, zog er es vor, sich den Empfindungen hinzugeben, statt sich über die Folgen Sorgen zu machen.

*Was geschehen ist, ist geschehen*, dachte er.

*Fick mich*, erwiderte Clara und zwang ihn mit ihrem sinnlichen Tonfall, ihr seine ungeteilte Aufmerksamkeit zu schenken.

*In Ordnung*, stimmte er zu und bewegte sich in ihr. *Halt dich an mir fest, kleine Hexe. Ich werde dir beibringen zu fliegen.*

Und das tat er, indem er sie in den dunklen Himmel teleportierte, um sie in ihr neues Leben als Gefährtin eines Seraphs einzuführen.

Sie kam in den Wolken, während er von ihr trank. Ihr Blut war wie eine Droge, an der er sich immer wieder berauschte. Clara revanchierte sich, indem sie ihm eine ganz neue Welt der Unersättlichkeit eröffnete.

Sie gaben sich noch bis in die Morgenstunden

einander hin und kehrten erst wieder in sein Bett zurück, als sie gesättigt waren und Ruhe brauchten.

Dann wachte er mit seinem Schwanz in ihrem Mund auf und der Wirbelwind der Begierde begann von Neuem, da die kleine Hexe sich über jeden Funken seiner Vernunft hinwegsetzte.

Sie gaben sich ganz ihrer zügellosen Lust hin.

Sie stellte seine jahrzehntelange Unzufriedenheit auf den Kopf, indem sie jede Erfahrung mit einer neuen ersetzte. Es war fast so, als würden sie versuchen, die verlorene Zeit aufzuholen.

Er prägte sie sich mit seinem Mund ins Gedächtnis ein.

Sie leckte über jeden Muskel seines Körpers.

Sie ergötzten sich aneinander und lebten nur noch vom Sex und der Lust.

Sie hörten nicht auf, bis es wieder dunkel wurde. Schließlich zwang er sie zu einer Pause, als sein Magen vor Hunger zu knurren anfing. Er konnte sich nicht erinnern, jemals zuvor ein solches Bedürfnis nach Nahrung verspürt zu haben, aber sie hatten so viel Energie füreinander aufgewendet, dass er all seine Reserven aufgebraucht hatte.

»Ich dachte, Seraphim könnten fast alles ertragen«, murmelte Clara, während er sich Boxershorts anzog.

»Und ich dachte, du wüsstest nichts über die Seraphim.«

»Ich kenne nur die Mythen, die besagen, dass ihr undurchdringliche Wesen seid, die wahrscheinlich gar nicht existieren.«

Er schnaubte und warf ihr einen Blick über seine muskulöse Schulter zu. »Existiere ich denn, Clara?«

Sie ließ den Blick aus ihren blauen Augen über seinen Oberkörper gleiten. »Ich denke schon, aber vielleicht solltest du mich zur Bestätigung noch einmal berühren.«

»Wenn ich das tue, werden wir wieder ficken.«

»Und das wäre wirklich verwerflich«, sagte sie gedehnt und räkelte sich wie ein Sukkubus auf dem Laken.

»Du kannst ebenfalls etwas zu essen vertragen«, sagte er, als er durch das Band spürte, wie ausgehungert sie war.

»Ich habe nur Appetit auf dich.«

Beinahe hätte er die Lippen zu einem Lächeln verzogen. *Ich bin belustigt*, erkannte er und schüttelte den Kopf. *Warum ist das so lustig?*

Essen. Er brauchte etwas zu essen. Dann könnten sie ... was auch immer tun.

Wahrscheinlich würden sie wieder Sex haben.

Es war ihm lieber, als über die Konsequenzen nachzudenken.

Er griff in seine Schublade und zog Boxershorts und ein Unterhemd für sie heraus. »Ich werde etwas beim Lieferservice bestellen«, sagte er.

Sie nahm die Kleidung entgegen, legte sie aber neben sich auf das Bett. »Ich könnte etwas kochen.«

»Ich habe aber keine Lebensmittel da«, antwortete er.

»Oh. Wenn du dir die Zutaten liefern lässt, könnte ich dann etwas kochen?«

Er betrachtete sie. »Was würdest du denn kochen?«

»Was immer du willst.«

»Ich nehme normalerweise Eiweiß und pflanzliche Nahrung zu mir.« Er erfreute sich nie an Aromen. Doch in Anbetracht all der Neuerungen, die er gerade in seinem Leben vorgenommen hatte, könnte er sich durchaus dazu durchringen, auch in diesem Fall etwas zu verändern. »Hast du ein Lieblingsgericht?«

»Sogar mehrere.«

»Welches davon würdest du gern kochen?«

Sie biss sich auf die Unterlippe und dachte darüber nach. »Darf ich dich überraschen?«

Er blinzelte sie an. »Warum?«

»Weil ich es möchte«, antwortete sie, wobei ihre Wangen leicht erröteten. »Bitte?«

Sein Blick fiel auf ihren Mund. »Lutschst du mir später wieder den Schwanz?«

Die zarte Röte ihrer Wangen verwandelte sich in ein tiefes Blutrot. »Ja.«

Er zuckte mit den Schultern. »Dann kannst du kochen, was du willst.« Er ging in sein Büro, welches im Grunde ein Gästezimmer war, und fand ein Tablet, mit dem sie online bestellen konnte. Er brachte es zurück ans Bett und sah, dass ihre Wangen immer noch gerötet waren. »Habe ich dich mit meiner Direktheit in Verlegenheit gebracht?«, fragte er sich laut und versuchte herauszufinden, was ihre Reaktion zu bedeuten hatte.

Sie nahm ihm das Tablet ab. »Nicht wirklich.«

»Warum errötest du dann?«

Sie blickte durch ihre langen blonden Wimpern zu ihm auf. »Weil ich dir jetzt als Vorspeise den Schwanz lutschen will.«

Sein Schaft verhärtete sich sofort bei diesen Worten und brachte ihn zum Schweigen. Sein Körper reagierte für gewöhnlich nie auf diese Weise. Doch jetzt reichte allein die Erwähnung ihrer lieblichen Lippen, die sich um seinen Schaft legten, um ihn vor Unbehagen aufstöhnen zu lassen.

Sie lächelte, bevor sie den Blick auf den Bildschirm senkte. »Du musst es entsperren.«

Mit einem Fingerstreich tat er, wie geheißen, wobei es ihm immer noch die Sprache verschlagen hatte. Sein ganzer Körper vibrierte vor Vorfreude, sich mit der nackten Frau in seinem Bett noch mehr zu versündigen. Sie hatte eine Bestie in ihm geweckt, die nach mehr verlangte.

Und mehr.

Und mehr.

*Verdammt.*

Er rieb sich mit der Hand übers Gesicht und verließ den Raum, um nach seinem Handy zu suchen. Er brauchte eine praktische Ablenkung, irgendetwas, das ihn an seine Bestimmung im Leben erinnerte.

Allerdings erinnerte ihn das Band, das an seinem Inneren zerrte, an seine *neue* Bestimmung.

*Hör auf,* befahl er.

*Soll ich die Lebensmittel nicht bestellen?,* erwiderte Clara in seinen Gedanken, wobei er feststellen musste, dass er ihre sanfte Stimme viel zu gern in seinem Kopf hörte.

*Ich bin total im Arsch.*

*Das verstehe ich nicht.*

*Ich rede mit mir selbst.*

*Oh.* Sie hielt inne. *Äh, soll ich lieber nicht bestellen?*

*Nein, bestelle ruhig weiter. Gib mir Bescheid, wenn du meine Kreditkarte brauchst, um zu bezahlen.* Er hatte alle Informationen auf seinem Tablet gespeichert, aber sie würde ein Passwort brauchen, um sie zu benutzen.

Sie antwortete nicht, aber er konnte spüren, wie sie im anderen Raum Zufriedenheit ausstrahlte. Vielleicht fühlte er sie auch durch ihr Band. Er wusste es nicht mehr, denn alles war irgendwie miteinander verbunden.

Er stieß einen leisen Fluch aus und konzentrierte sich darauf, sein Handy zu suchen, dann fiel ihm ein, dass er es in seiner Jeans vergessen hatte. Die im Schlafzimmer lag.

Er verdrehte unwillkürlich die Augen, bevor er die Reaktion unterbinden konnte. Statt den Ausdruck seiner Missstimmung auf seinem Gesicht zu verbergen, teleportierte er sich einfach ins Schlafzimmer zurück, um seine Jeans zu suchen.

Clara schnappte nach Luft und riss ihre blauen Augen auf, als er dort erschien.

»Was ist los?«, fragte er, während er sich bückte, um seine Hose aufzuheben.

»Deine Flügel!«, rief sie aus.

Er zog eine Augenbraue in die Höhe. Die Geste war eine weitere unwillkürliche Reaktion, die ihn störte, doch er beschloss, sie zu ignorieren. Dann wurde ihm bewusst, dass er sich immer noch in seinem ätherischen Zustand befand. »Oh, richtig.«

Hatte sie es gestern Abend nicht bemerkt, als er mit ihr in den Himmel aufgeflogen war? Vielleicht war es zu dunkel für sie gewesen, um die Flügel zu sehen. Da die Wolken das Mondlicht verdeckt hatten, war die Farbe wahrscheinlich nicht gut zu erkennen gewesen. Doch jetzt, in der schwachen Beleuchtung des Raumes, waren sie deutlich sichtbar.

Sie legte das Tablet beiseite und ging auf ihn zu. Er hielt seine Jeans wie ein Schutzschild vor seinen Körper, während er mit der Hand das Handy in der Tasche umschloss, als sie vor ihm stehen blieb. »Darf ich … sie berühren?«

Noch nie hatte ihn jemand darum gebeten.

Normalerweise würde ein Seraph nicht einmal daran denken, es jemandem zu gewähren.

Da er jedoch mit dieser Frau bereits so ziemlich jede andere Barriere eingerissen hatte, würde es auch nicht schaden, eine weitere zu durchbrechen. »Ja.«

# KAPITEL FÜNF

## GABRIEL

CLARAS BLAUE AUGEN funkelten vor Aufregung, als sie ihre Finger über den Rand seiner roten Federn gleiten ließ. Von ihr ging ein warmes Gefühl aus, das ihn in ein seltsames Leuchten hüllte, das wiederum seine Brust mit einem Glühen erfüllte.

*Glückseligkeit*, dachte er.

*Stolz*, korrigierte sie. *Doch die Empfindung ist oft mit einem Glücksgefühl verbunden.*

»Woher kennt man den Unterschied?«, fragte er sich laut.

»Aus Erfahrung«, murmelte sie, wobei sie jetzt mit den Fingern seinen Flügel streichelte. »Du wirst es auch noch lernen.« Ihr Gesicht nahm einen verträumten Ausdruck an, was die Luft um ihn herum mit einer Leichtigkeit erfüllte.

»Und was fühlst du jetzt?«

»Zufriedenheit«, flüsterte sie. »Aber auch Sicherheit.« Ihre Blicke trafen sich. »Deine Flügel sind wunderschön, Gabriel.«

»Du hast sie letzte Nacht gesehen.«

»Ich war zu sehr in all den Empfindungen versunken, um sie zu bemerken. Es kommt nicht jeden Tag vor, dass ein Engel mich in den Himmel hebt, um mir ein Dutzend Orgasmen zu bescheren.« Sie ließ ihre Hand sinken, woraufhin seine Federn zuckten, da er sofort ihre Körperwärme vermisste.

»Du hast mich zerstört, kleine Hexe«, informierte er sie.

»Ich bin keine Hexe.«

»In meinen Augen schon.« Er ließ seine Jeans fallen, behielt aber sein Handy in der Hand. Dann packte er mit der anderen Hand ihren Nacken und zog sie an sich. »So wie es aussieht, bist du meine kleine Hexe.«

»Dann bist du mein Schutzengel.«

Das hatte sie nun schon mehrere Male behauptet. Es störte ihn nicht. »Meine Mutter entstammt der Linie der Boten, daher ist der Name wohl angemessen.«

»Der Linie der Boten?«

»Ja. Ich entstamme sowohl der Linie der Boten als auch der der Krieger.«

»Ich verstehe nicht, was das zu bedeuten hat«, gestand sie. Das überraschte ihn nicht, wenn man bedachte, wie wenig sie über seinesgleichen wusste. Die Existenz der Seraphim war ein gut gehütetes Geheimnis, selbst anderen Unsterblichen gegenüber.

»Ich werde dich in den politischen Strukturen der Seraphim unterweisen müssen«, beschloss er.

»Und ich werde dir etwas über Emotionen beibringen müssen«, entgegnete sie.

Er hätte beinahe die Lippen wieder zu einem

Lächeln verzogen, doch er unterdrückte die Reaktion. »Das ist eine praktische Vereinbarung, die ich akzeptiere.«

Sie betrachtete ihn mit funkelnden Augen. »Ich freue mich schon darauf, mehr zu lernen.«

»Du wirst diese Worte vielleicht bereuen, wenn ich erst einmal mit dem Tutorium beginne.« Leider würde das Verständnis seiner Welt für ihr Überleben notwendig sein.

Es sei denn, der Rat entschied sich, sie auszulöschen.

Bei dem Gedanken runzelte er die Stirn. *Wären sie in der Lage, sie zu töten?*, fragte er sich. *Ist sie in diesem Zwischenstadium anfällig für den Tod?*

Blutsbande waren so selten, daher konnte er sich nicht sicher sein.

Sethios und seine Mutter waren kein gutes Beispiel für die Entwicklungsstadien, da sie beide bereits aus seraphischem Genmaterial bestanden.

Doch bei Clara war das nicht der Fall.

Schwächte das ihre Unsterblichkeit?

Das Funkeln in ihren Augen erstarb, als sie seinen Gedanken folgte. *Wer kann mich töten?*, fragte sie.

*Der Hohe Rat von Seraph.*

Sie erbleichte. *Warum sollten sie mich töten wollen?*

*Wegen unseres Bands*, antwortete er. *Du giltst unter meinesgleichen als entartetes Wesen. Ein Band mit dir einzugehen ist in den Augen der Seraphim ein Verbrechen.*

*Werden sie dich ebenfalls töten?*

*Ich kann nicht getötet werden*, antwortete er. *Aber sie könnten versuchen, mir die Flügel zu nehmen.* Er hatte erst kürzlich erfahren, dass diese Methode unter seinesgleichen als Bestrafung eingesetzt wurde. Sie hatten es Skye angetan und würden wahrscheinlich auch ihn nicht verschonen, wenn man bedachte, was er in den letzten Jahren alles verbrochen hatte.

Doch dafür müssten sie ihn natürlich zuerst gefangen nehmen.

Und das würde er ihnen sicher nicht leicht machen.

Clara krallte sich in sein Hemd. »Ich könnte sterben ... wegen dieser Sache?« Eine neue Emotion ging von ihr aus, die er bisher noch nicht geschmeckt hatte.

*Angst,* erkannte er, als ihre Augen sich weiteten und ihre Fingerknöchel weiß anliefen.

»Es ist möglich, dass sie deinen Tod befehligen, ja«, antwortete er sachlich.

Sie begann zu zittern. Er fing sie mit einem Arm auf, als ihre Knie nachgaben. Als er den Schreck in ihren Augen sah, zog er unwillkürlich die Mundwinkel nach unten.

Es war keine nützliche Reaktion.

Und sie gefiel ihm auch nicht.

Er führte sie zum Bett und half ihr, sich zu setzen, dann legte er sein Handy auf den Nachttisch. »Clara?«

Sie starrte ins Leere, während ihre Haut kreidebleich war.

»Clara?«, versuchte er es erneut.

Keine Antwort.

Sie saß einfach nur da, hatte die Finger ineinander verschränkt und starrte ins Nichts. Doch er konnte hören, wie ihre Gedanken durch ihren Kopf rasten und wild durcheinanderwirbelten.

Einige von ihnen waren wütend. Andere erschrocken. Und manche waren resigniert.

Ein Gedanke drückte Bedauern aus, doch sie verwarf ihn schnell wieder zugunsten der Resignation. Sie zog ihre gemeinsame Erfahrung ihrem eigenen Leben vor, was ihn beunruhigte, da es keinen logischen Sinn ergab.

»Wie kannst du so etwas denken?«, fragte er. »Wir kennen uns doch kaum. Dein Leben ist sicher mehr wert als unser Band.«

»Tatsächlich?«, fragte sie, während sie weiterhin ins Leere starrte. »Weißt du, warum ich verwandelt wurde?«

»Nein.« Er wusste nur, dass Aidan sie erschaffen hatte. Er hatte sich nie über den Grund Gedanken gemacht, da er nicht relevant war.

»Für Issac«, sagte sie. »Aidan hat mich als Geschenk für einen anderen Mann verwandelt.« Sie stieß ein leises Lachen aus und schüttelte den Kopf. »Er hat mich nie um Erlaubnis gebeten. Er nahm einfach an, dass ich unsterblich sein wollte, und hat mich wie ein besonderes Geschenk an einen anderen übergeben. Ich habe ihn nur nicht dafür gehasst, weil ich den Beweggrund dahinter wahrnehmen konnte – die Liebe.«

Gabriel musterte sie. »Vergleichst du es mit unserer Situation, weil du ohne Erlaubnis in einen Seraph verwandelt wurdest?«, fragte er, da er ihr nicht ganz folgen konnte.

»Nein. Ich versuche zu erklären, warum diese Erfahrung einen Wert für mich hat, denn ich habe sie mehr oder weniger selbst gewählt.«

Das ergab für ihn keinen Sinn. »Aber du hast mich gebissen, ohne dir über die Konsequenzen im Klaren zu sein.«

»Das ist richtig, aber ich glaube, ich würde es wieder tun, auch wenn ich es vorher wüsste.«

Er riss die Augen auf. »Du würdest dich dafür entscheiden, ein Band mit einem Seraph einzugehen, den du kaum kennst?«

»Wenn es bedeutet, dass ich dadurch auch nur für fünf Minuten meines Lebens eine Verbindung zu jemandem spüren kann, dann ja.«

»Ich … ich bin mir nicht sicher, ob ich dir folgen kann. Willst du damit sagen, dass du zu niemandem eine Bindung hast?« Es schien unlogisch. Aidan hatte sie erschaffen. War nicht allein dieser Umstand in gewisser Weise eine Verbindung?

»Wie alt bist du, Gabriel?«, fragte sie.

»Fast sechzig Jahre«, antwortete er gedehnt. Er war sich nicht sicher, warum sie das Thema gewechselt hatte, doch nun wollte er mehr über sie erfahren. »Und du?«

»Dreiundneunzig«, sagte sie. »Meine Familie starb an der Grippe, als ich sieben war. Ich war die einzige Überlebende und wuchs in einem Waisenhaus in Vancouver auf. Dadurch lernte ich schon in jungen Jahren, allein zu sein. Ich war gerade neunzehn, als ich Aidan kennenlernte. Er fand mich auf der Straße – ein Ort, an dem viele Mädchen in meiner Situation landeten – und verwandelte mich ein paar Tage später.«

»Wodurch eine Bindung zu deinem Sire entstand«, interpretierte Gabriel.

»In gewisser Weise, ja. Aber du musst wissen, dass ich schon immer die Gabe hatte, die Gefühle anderer wahrzunehmen. Als ich zu einer Ichorianerin wurde, steigerte sich dieses Talent zu einer übernatürlichen Fähigkeit. Und daher konnte ich mich in die Gefühle der Menschen um mich herum hineinversetzen. Ich war in der Lage, ihre familiären Verbindungen zu spüren, doch keine von ihnen hat mich je mit eingeschlossen.«

Sie beschrieb ein einsames Dasein, dennoch hatte schon vor ihm eine Verbindung bestanden. »Ich bin sicher, dass du Aidan etwas bedeutet hast.«

»Oh, ganz ohne Zweifel«, antwortete sie, »aber er hat mich nie geliebt. Genauso wenig wie Anya oder Nadia. Oder Issac. Oder Tristan. Oder sogar B oder Luc. Wir sind in gewisser Weise eine Familie, aber nicht, wenn es darauf ankommt. Das wurde mir überaus klar, als sie mich alle leichthin für den Verräter hielten. Wie ich schon sagte, für mich zählen Taten statt Worte.«

»Ich liebe dich nicht«, sagte er, denn er hatte das Bedürfnis, es klarzustellen. »Unsere Verbindung ist durch Blut entstanden und hat nichts mit dem Herzen zu tun.«

»Ich weiß.«

»Und dennoch würdest du dich wieder dazu entscheiden?« Er verstand ihre Logik nicht. »Warum?«

»Weil es eine Verbindung ist, die ich fühlen kann«,

sagte sie leise. »Ich habe mich immer gefragt, wie es wohl wäre, es zu erleben.« Sie schenkte ihm ein trauriges Lächeln. »Ich erwarte nicht, dass du es verstehst, Gabriel. Ich weiß, dass es keine Liebe zwischen uns gibt, das kann ich auch spüren, aber ich war so lange allein, dass ich im Moment so ziemlich alles akzeptieren würde.«

»Das ist eine sehr traurige Argumentation«, bemerkte er. »Du hast noch nicht einmal ein Jahrhundert gelebt und wir haben uns gerade für die Ewigkeit aneinander gebunden.«

»Eine Ewigkeit, die es dank deines Rates vielleicht gar nicht geben wird, wie du gerade bemerkt hast.« Sie nahm das Tablet wieder zur Hand. »Wie ich schon sagte, auch wenn es nur vorübergehend ist, war es mir das wert. Denn dadurch kann ich zumindest einen Anflug von Zugehörigkeit spüren, auch wenn es nur ein Versehen war.« Sie streckte ihm den Computer entgegen. »Würdest du das bitte entsperren, damit ich die Bestellung tätigen kann?«

Er wischte mit dem Finger über den Bildschirm. »Machst du dir denn gar keine Sorgen wegen des Rates oder über deinen möglichen Tod?«

»Wenn ich mir darüber Sorgen mache, verschwende ich nur kostbare Lebenszeit«, antwortete sie, während sie sich weiterhin auf ihre Bestellung konzentrierte. »Und ich habe vor langer Zeit gelernt, mir nicht über Situationen den Kopf zu zerbrechen, über die ich keine Kontrolle habe.«

Das ... war ein eher praktischer Ansatz.

Der Rest verblüffte ihn jedoch.

Sie würde es vorziehen, sich an ihn zu binden, statt allein zu leben.

Eine bizarre Entscheidung, von der er vermutete, dass sie sie bereuen würde, sobald der Schock erst einmal nachgelassen hatte. Allerdings konnte er keinerlei Verwunderung von ihr wahrnehmen, sie strahlte nur eine zufriedene Wärme aus, während sie durch die Einkaufsliste blätterte.

Vielleicht war sie also doch gebrochen.

Oder nur schwer beschädigt.

»Wenn der Rat beschließt, uns zu bestrafen, habe ich vor zu kämpfen«, sagte er.

»In Ordnung.«

»Wirst du ebenfalls kämpfen oder wirst du zulassen, dass sie dich gefangen nehmen?«

Sie blinzelte und sah mit ihren großen blauen Augen vom Bildschirm auf. »Empathie ist in einem Kampf nicht gerade von großem Nutzen. Sie kann lediglich dazu verwendet werden, die wahren Absichten eines Gegners zu erkennen, um dir die Möglichkeit zu geben, präventiv zu handeln, anstatt zu reagieren.«

Eine angemessene Einschätzung. Aber ... »Das beantwortet meine Frage nicht.«

»Doch«, entgegnete sie und wandte sich wieder dem Tablet zu. »Empathen kämpfen nicht.«

»Dann wirst du dich also gefangen nehmen lassen?«

»Ich werde sie gar nichts tun lassen, Gabriel.« Sie tippte etwas auf dem Bildschirm ein und streckte ihm das Gerät wieder entgegen. »Du kannst jetzt bezahlen.«

Er tätigte schnell die Zahlung, dann legte er das Tablet auf den Nachttisch neben sein Handy. »Du wirst entweder kämpfen oder gefangen genommen werden.«

»Oder ich verstecke mich«, antwortete sie. »Aber wie gesagt, ich mache mir keine Gedanken über etwas, was ich nicht ändern kann. Falls diese Zukunft wirklich eintreffen sollte, dann werde ich mich ihr stellen und entweder überleben oder eben nicht.«

Eine weitere rationale Aussage.

Vielleicht war sie doch nicht gebrochen, sondern nur ... sorglos?

Anfangs war sie jedoch schockiert gewesen. Wie war sie so schnell darüber hinweggekommen?

»Indem ich erkannt habe, dass ich nichts tun kann, um es zu ändern«, antwortete sie leise. »Ich bin nicht gebrochen, Gabriel. Ich versuche nur, mir keine Sorgen über Dinge zu machen, die ich nicht kontrollieren kann. Ist das wirklich so schwer zu verstehen?«

»Ja«, antwortete er. »Alles, was du in den letzten dreißig Minuten gesagt hast, ist schwer zu begreifen. Ich kann deiner Argumentation nicht folgen.«

»Nicht jede Entscheidung erfordert Logik. Manche Entscheidungen werden mit dem Herzen getroffen.« Sie legte die Handfläche an seine Brust. »Betrachte das als Lektion Nummer eins.«

»Emotionen spielen bei Entscheidungen der Seraphim keine Rolle«, konterte er. »Betrachte das auch als deine erste Lektion.«

Sie verzog die Lippen zu einem verführerischen Grinsen. »Der Punkt geht an dich.«

Statt zu antworten, griff er wieder nach seinem Handy und sah die eingegangenen SMS von Ezekiel und Vera. »Lizzie hat das Baby bekommen«, las er Clara vor. »Die Ratsmitglieder wissen, wo sie sich befindet, doch dank der Schutzsymbole ist sie im Moment in Sicherheit.« Das hatte er erwartet. »Zum Glück für uns bedeutet das, dass sie die Schicksalsgöttinnen angewiesen haben, sich auf Lizzie zu konzentrieren, statt unsere Verbindung zu beleuchten.«

Es war ein Anzeichen dafür, dass ihr Band nicht bemerkt worden war. Und falls doch, hatte es keine Priorität.

Die Tatsache, dass Ezekiel nichts davon erwähnt hatte, deutete darauf hin, dass Skye es nicht gesehen hatte.

»Die Schicksalsgöttinnen?«, wiederholte Clara. »Und danke, dass du mir wegen Lizzie Bescheid gegeben hast. Geht es ihnen gut?«

»Ja, Ezekiel sagt, dass sie wohlauf sind. Und die Schicksalsgöttinnen entstammen einer Blutlinie der Seraphim, die die Zukunft sehen können. Die Ratsmitglieder benutzen sie, um ihre Erlasse zu lenken. Wenn sie also unser Band nicht vorhergesehen haben, dann hat es keine nennenswerten Konsequenzen. Zumindest noch nicht. Wahrscheinlich wurden die Ratsmitglieder noch nicht darüber informiert.« Er legte sein Telefon wieder beiseite. »Das ist deine zweite Lektion.«

Sie nickte, dann setzte sie sich auf die Knie, wobei

ihre Brüste hin und her wippten. Nacktheit schien ihr nichts auszumachen. Und diese Eigenschaft störte ihn wiederum ganz und gar nicht.

»Dann schulde ich dir eine zweite Lektion«, sagte sie.

Er hätte am liebsten wieder die Stirn gerunzelt, aber er unterdrückte das Bedürfnis. Schon wieder. »Ich bin ganz Ohr.«

Sie blickte ihn mit lächelnden Augen an, als die Hexe in ihr zum Vorschein kam. »Taten, keine Worte.«

»Ja, diese Lektion kenne ich bereits.«

»Nein, ich meine, ich ziehe es vor, mit Taten zu unterrichten.« Sie packte seine Boxershorts und schob einen Finger in den Bund, um ihn zu sich in Richtung Bett zu ziehen. »Nicht mit Worten.«

*Oh.* »Wirst du mir jetzt den Schwanz lutschen?«, fragte er.

»Leg dich hin und finde es heraus.«

Das musste sie ihm nicht zweimal sagen. Die Lebensmittel würden erst in vierzig Minuten eintreffen und sie hatten nichts anderes zu tun. Nun, außer sich zu Ezekiels Haus zu teleportieren. Denn genau darum hatte er ihn in seiner letzten Nachricht gebeten, doch die anderen konnten noch ein wenig warten.

Befriedigung vor Logik.

Das war in der Tat eine neue Lektion.

# KAPITEL SECHS

## CLARA

CLARA BEOBACHTETE GABRIEL DABEI, wie er den ersten Bissen ihres Bœuf Stroganoffs hinunterschluckte, doch wie immer konnte sie an seinem Gesicht keine Regung ablesen.

Sie nahm jedoch seine Zufriedenheit durch ihre Verbindung wahr. Oder vielmehr durch das Band, wie er es genannt hatte.

Sie spürte, wie es tief in ihrem Inneren verankert war und sie an ihn band. Sie konnte es sich nicht erklären, doch sie fühlte sich dadurch weder verängstigt noch in die Enge getrieben, sondern sicher und geborgen.

Vielleicht hatte er recht damit, dass sie ein wenig gebrochen war. Sie hatte in ihrem Leben viel durchgemacht und vor Kurzem die einzige Person verloren, zu der sie eine echte Verbindung gehabt hatte – ihren Sire.

Obwohl sie und Aidan sich nie geliebt hatten, hatten sie einander viel bedeutet und sich so nahegestanden wie Familienmitglieder. Allerdings war sie immer die

Letzte auf seiner Liste gewesen.

Doch das war kein Problem.

Sie war es gewohnt, die Letzte zu sein.

Dabei hätte sie jedoch nie erwartet, dass es sich derart zuspitzen würde, wie es bei den Hydraianern der Fall gewesen war.

Sie schob den Schmerz beiseite und konzentrierte sich wieder auf Gabriel, als er seine Gabel erneut an den Mund führte.

Er saß nur mit Boxershorts bekleidet am Tisch und sein Haar war noch feucht, da er sich unter die Dusche gestellt hatte, während sie gekocht hatte. Sobald sie die Pfanne vom Herd genommen hatte, hatte er sich ins Esszimmer teleportiert.

Ihre Schenkel kribbelten noch immer von den zwei Orgasmen, die er ihr beschert hatte, nachdem sie ihn mit dem Mund befriedigt hatte. Offenbar hatte ihr Schutzengel eine Vorliebe für Oralsex.

Sie fragte sich, was er von anderen Praktiken halten würde … wie zum Beispiel Analsex.

Er ließ seine Gabel fallen und sah sie an. »Versuchen wir das als Nächstes?«

»Ist das Lektion Nummer drei?«, entgegnete sie.

Er dachte darüber nach, wobei sein Gesichtsausdruck so ernst wie immer war. »Ja.« Dann fuhr er mit dem Essen fort, als hätten sie nicht gerade darüber gesprochen, sie in den Hintern zu ficken.

Dieser Mann war ein Rätsel. Nichts konnte ihn aus der Ruhe bringen, und doch hatte er erwartet, dass sie auf ihren möglichen Tod reagieren würde. Zu Anfang hatte es sie tatsächlich verunsichert, genauso wie das Band. Aber nachdem sie sich mit der Tatsache abgefunden hatte, dass sie ohnehin keine Kontrolle über die Geschehnisse hatte, hatte sie sich wieder beruhigt.

Und ein kleiner Teil von ihr vertraute darauf, dass er sie beschützen würde. Allerdings würde sie das nie laut aussprechen, vor allem, da sie glaubte, dass er es leugnen würde.

»Das ist zufriedenstellend«, sagte er, nachdem er mehr als die Hälfte seiner Mahlzeit aufgegessen hatte.

Sie lächelte und begann, selbst zu essen, wohl wissend, dass *zufriedenstellend* wahrscheinlich seine Version eines Kompliments war. Daran würden sie noch arbeiten müssen.

Sie würden sogar an einer Menge Dinge arbeiten müssen, schließlich waren sie jetzt miteinander verbunden.

Bei dem Gedanken wurde sie von einem warmen Gefühl durchströmt, das sie wie ein unsichtbarer Anker in ihrem Inneren auf eine Weise erdete, die sie sich nie erträumt hätte. Sie war ihr ganzes Leben immer nur jedermanns zweite oder dritte Wahl gewesen. Und obwohl sie wusste, dass Gabriel sie nie lieben würde, spürte sie, dass ihrer Verbindung eine gewisse Loyalität zugrunde lag.

Er würde nie mit einem anderen Wesen schlafen.

Und sie genauso wenig.

Bei dieser Gelegenheit drängte sich ihr ein anderer Gedanke auf, der ein kleines Problem darstellen könnte. »Wie soll ich mich nähren?«, fragte sie ihn, nachdem sie einen herzhaften Bissen Fleisch hinuntergeschluckt hatte. »Was das Trinken von Blut angeht, meine ich.«

»Falls du ein Verlangen danach verspürst, kannst du meines haben.«

»Wird es ausreichen, um zu überleben?« Nachdem sie sich letzte Nacht etwas von seinem Lebenssaft einverleibt hatte, fühlte sie sich verjüngt und lebendig, aber sie war sich nicht sicher, wie lange das Gefühl anhalten würde.

Er starrte sie einen Moment lang an, dann leuchtete ein Anflug von Verständnis in seinen grünen Augen auf. »Du brauchst kein menschliches Blut mehr. Seraphim sind nicht auf den Lebenssaft anderer angewiesen, um zu überleben. Es war lediglich eine Folge deiner Wiederauferstehung.«

Er fuhr mit einem Vortrag über Osiris fort, der als Seraph der Wiedergeburt alle Ichorianer und Hydraianer durch sein Blut erschaffen hatte.

Clara hatte einen Teil davon mitbekommen, als die Ältesten sich nach Stas' wundersamer Genesung darüber unterhalten hatten, doch sie war sich über das Ausmaß nicht im Klaren gewesen. Im Grunde erzählte ihr nie wirklich jemand etwas, sie schnappte immer nur Bruchstücke der Unterhaltungen anderer auf. Es war wohl eine Folge ihrer passiven Fähigkeit, die ihr nicht zu ihrer Verteidigung diente. Zumindest glaubte sie, dass sie aus diesem Grund häufig übersehen wurde. Wie dem auch sei, sie wusste es zu schätzen, dass Gabriel ihr mehr über dieses Thema beibrachte.

»Da wir ein Band miteinander eingegangen sind,

werde ich also ein vollblütiger Seraph werden«, sagte sie, wobei sie sich dieser Möglichkeit bereits bewusst gewesen war, nachdem sie Gabriels Gedanken vorhin gehört hatte. Auf gewisse Weise wurde es jedoch glaubwürdiger, wenn sie es laut aussprach.

»Soweit ich weiß, ja. Issac, der keinerlei genetische Merkmale eines Seraphs in sich trägt, hat bereits Anzeichen für sein ätherisches Wachstum gezeigt. Ich kann mir vorstellen, dass es dir ebenso ergehen wird, wobei zuerst dein Bedürfnis nach menschlichem Blut schwinden wird.«

»Und das bedeutet, dass du die einzige Quelle bist, aus der ich mich werde nähren müssen.«

»Du wirst nicht einmal mich brauchen«, erwiderte er. »Aber es würde mir nichts ausmachen, wenn du mich wieder beißt.« In seinen grünen Augen funkelte eine subtile Wärme, die ausreichte, um seine härteren Gesichtszüge zu erweichen und ihr einen Blick auf den vor Lebenskraft strotzenden Mann unter dem stoischen Äußeren zu gewähren.

Sie spürte, wie die Vorstellung sein Interesse weckte. Wenn sie jetzt den Blick senken würde, könnte sie dieses Interesse vielleicht sogar sehen, doch stattdessen starrte sie ihm weiter in die Augen und lächelte. »Ich nehme das Angebot an. Und danke für meine Lektion.«

Bei ihrer verschmitzten Bemerkung hätte er fast die Lippen zu einem Lächeln verzogen, doch er fing sich wieder und machte sich daran, seine Mahlzeit zu beenden.

Während sie aßen, herrschte angenehmes

Schweigen, bis sein Telefon im anderen Zimmer klingelte. Er seufzte und teleportierte sich vom Tisch weg, wobei seine roten Federn in einem prächtigen Wirbel aufflackerten, bevor er verschwand.

Sie fing eine der Federn auf, die er zurückließ, und staunte über ihre weiche Beschaffenheit. Sie erinnerte sie an Seide, doch die Ränder waren mit einer elektrischen Spannung umgeben.

Er kam mit dem Telefon am Ohr zurück. »Ja«, sagte er nur, während am anderen Ende der Leitung eine männliche Stimme zu hören war. Sie konnte die Worte zwar nicht verstehen, erkannte aber Ezekiels tiefen Unterton. »Ich war anderweitig beschäftigt.«

Sie zog die Augenbrauen nach oben, als sie den ausdruckslosen Tonfall hörte.

»Mein Terminplan geht niemanden etwas an«, sagte er, wobei er den Kiefer leicht anspannte. Seine Stimme blieb jedoch eintönig, als er hinzufügte: »Ich komme, wenn mir danach ist.« Dann beendete er das Gespräch und warf das Handy auf den Tisch.

Sie legte seine Feder daneben ab und sammelte ihre Teller ein. »Ich werde das nur schnell abwaschen.«

Er blieb schweigend hinter ihr stehen, während sie die Teller spülte. Als sie sich wieder umdrehte, ertappte sie ihn dabei, wie er auf ihren Hintern starrte. Ihre Lippen zuckten und er warf ihr einen dreisten Blick zu.

»Ich würde dich lieber noch einmal ficken, statt nach Island zu gehen.« Seine Stimme war immer noch völlig emotionslos, doch seine Nasenflügel bebten und seine Aura strahlte sexuelle Begierde aus.

»Was gibt es in Island?«, fragte sie und nahm an, dass es etwas mit Ezekiel zu tun hatte. Gabriel hatte nicht die Angewohnheit, ihr sinnlose Bemerkungen an den Kopf zu werfen, daher war Island sicher von Bedeutung.

»Ezekiel und Skye haben dort ein Haus. Sie erwarten, dass Lizzie und die anderen bald dort eintreffen, und sie brauchen meine Hilfe, um das Grundstück mit Schutzsymbolen zu versehen.«

Claras Augenbrauen schossen in die Höhe. »Warum bist du dann noch hier? Das ist doch viel wichtiger, als mir beim Geschirrspülen zuzusehen.« Sie hatte nicht derart unverhohlen klingen wollen, aber sie war in den letzten vierundzwanzig Stunden schon genug errötet.

Gabriels Direktheit war völlig neu für sie. Es gefiel ihr jedoch, weil er nichts dem Zufall überließ. Er meinte, was er sagte, und das bewies er ihr mit seinen Taten.

»Willst du mich begleiten?«, fragte er.

Er strahlte eine Besorgnis aus, die sie überraschte.

Er legte eine Hand an den Nacken und verzog das Gesicht. »Mir wäre es lieber, du wärst an meiner Seite statt in einer hydraianischen Zelle.«

»Das würde ich auch bevorzugen«, gestand sie, wobei ihre Stimme heiserer als beabsichtigt klang. »Was werden wir den anderen sagen?«

»Nichts.« Er zuckte mit den Schultern. »Was zwischen uns vorgeht, hat auf sie keinerlei Auswirkungen.«

»Sie werden wissen wollen, warum ich bei dir bin und nicht in Hydria.«

»Und ich werde ihnen sagen, dass mir deine Unterbringung nicht zusagte und ich dich deshalb aus der Zelle geholt habe. Wenn sie ein Problem damit haben, können sie es gern mit mir aufnehmen. Sie werden verlieren«, sagte er voller Überzeugung.

»Luc wird es nicht gefallen.«

»Luc ist nicht mein König«, entgegnete Gabriel. »Komm mit mir.«

Diesmal war es keine Frage, sondern eine Aufforderung, die ihr ein Lächeln entlockte. Sie mochte den herrischen Gabriel. Es verlieh ihm eine sinnliches Flair, das seine Attraktivität nur noch steigerte. Zumindest in ihren Augen. Das war wohl von Vorteil, schließlich waren sie jetzt für immer aneinander gebunden.

Sie würde nie wieder mit einem anderen Sex haben.

Eine eigenartige Erkenntnis, die sie allerdings nicht weiter störte. Aufgrund ihrer empathischen Gabe fiel es ihr ohnehin schwer, mit anderen zu schlafen, denn sie konnte immer ihre Beweggründe hören, die sie dann ignorieren musste.

In Gabriels Fall war es pure Lust.

Damit konnte sie umgehen.

Und es machte ihr auch nichts aus, ihn zu begleiten. »Wenn ich mit dir nach Island gehe, brauche ich wärmere Kleidung.«

Er nickte und verschwand in einem Wirbel aus roten Federn. Sie kicherte leise und widmete sich wieder ihrer Aufgabe, die Küche aufzuräumen. Als sie damit fertig war, war er immer noch nicht zurück, also sprang sie unter die Dusche und benutzte die wenigen Pflegeprodukte, die ihr zur Verfügung standen. In einer Schublade fand sie einen Kamm, mit dem sie ihr Haar entwirrte, dann wickelte sie sich ein Handtuch um und setzte sich auf sein Bett.

Dreißig Minuten später tauchte er schließlich mit vier Einkaufstüten wieder auf. Mit einem unwirschen Gesichtsausdruck ließ er sie zu Boden fallen. »Frauen haben zu viele Größen«, sagte er nur, bevor er in seinem begehbaren Kleiderschrank verschwand.

Sie biss sich auf die Lippe, um ein Lächeln zu unterdrücken, und ging dann die Kleidung durch, die er offenbar für sie gekauft hatte.

Jeans.

Pullover.

Stiefel.

Sogar eine Jacke.

Aber keine Unterwäsche.

Entweder hatte er sie mit Absicht weggelassen oder er hatte gar nicht erst den Versuch unternehmen wollen, sich durch die Wäscheabteilung zu kämpfen. Nichtsdestotrotz zog sie eine enge Jeanshose an, schlüpfte in ein Paar Stiefel, das nur eine halbe Nummer zu groß war, und zog sich einen Pullover über, der sich an ihre BH-lose Brust schmiegte. Letzteres fiel ihm sofort auf, als er wieder aus dem Kleiderschrank trat.

»Das lenkt mich ab«, murmelte er.

»Ich habe keinen BH«, erwiderte sie.

Er musterte einen Moment ihre Brüste, dann zuckte

er mit den Schultern. »Ich habe kein Problem mit dieser Ablenkung.«

Sie lachte. »Darauf wette ich.«

»Außerdem macht es mir die Sache leichter, wenn ich dich später ausziehe. Ein praktischer Gedanke.«

»Sehr praktisch«, stimmte sie zu.

Er nickte, wobei ihr Einvernehmen ihn offensichtlich besänftigte. »Wir werden jetzt nach Island gehen.«

Sie fuhr sich mit den Fingern durch ihr feuchtes Haar und streckte ihm die Hand entgegen. »Ich bin bereit.«

Er teleportierte sich zuerst ins andere Zimmer, wahrscheinlich, um sein Handy zu holen. Dann tauchte er direkt vor ihr wieder auf, wobei er seine Brust an die ihre schmiegte und ihre Hand zwischen ihren Körpern einklemmte. Sie blinzelte überrascht zu ihm auf und schnappte nach Luft, als er ihren Mund mit dem seinen bedeckte, um sie lange und leidenschaftlich zu küssen. »Du bist sehr attraktiv, kleine Hexe«, flüsterte er.

»Genau wie du, mein Schutzengel.«

Er presste seine Stirn an ihre. »Ich brauche vielleicht deine Hilfe, um die Gefühle der anderen in meinem Kopf zu ordnen. Ich hatte in dem Laden Probleme mit all den Menschen um mich herum.«

»Der Trick ist, sich auf die Emotionen einer Person zu konzentrieren und ihr zu erlauben, die anderen zu überlagern. Ich suche mir für gewöhnlich die glücklichste Person im Raum aus und konzentriere mich auf ihre Aura.«

»Dann werde ich mich auf dich konzentrieren.«

Sie runzelte die Stirn. »Ich bin normalerweise nicht die glücklichste Person.«

»Glücklich gefällt mir nicht«, erwiderte er. »Aber ich ... ich finde dich ausreichend.«

»Wir werden an deinen Komplimenten arbeiten müssen, Gabriel.«

»Ich mache keine Komplimente.«

»Ja, das wird mir langsam klar.«

Er nickte. »Gut.«

Seine Unverblümtheit ließ sie belustigt den Kopf schütteln. Sie strich noch einmal mit den Lippen über die seinen und schlang dann ihre Arme um ihn. »Lass uns gehen.«

Er erwiderte ihre Umarmung, dann erwachten seine Flügel um sie herum zum Leben, kurz bevor sich die Welt in einem Kaleidoskop von Farben auflöste. Sie schloss die Augen, als ihr von dem Schwindelgefühl übel wurde. Kurz darauf stieg ihr der frische Duft von Kaffee in die Nase.

»Ich vermute, dass das deine anderweitige Beschäftigung war«, sagte Ezekiel gedehnt, in dessen tiefer Stimme ein wissender Unterton mitschwang.

Gabriel ließ Clara mit einem Knurren los und verschwand, wobei er sie in der Mitte eines Raumes zurückließ, in dem eine Couch und zwei Stühle standen. Durch die Fenster konnte sie den Nachthimmel sehen, an dem der Mond stand und die schneebedeckten Hügel beschien.

*Island,* dachte sie. *Wir scheinen am richtigen Ort zu sein.*

»Hallo Clara«, ertönte eine sanfte Stimme, als eine

dunkelhaarige Frau die Treppe hinunterkam. »Ich bin Skye.« Ihre hellblauen Augen waren leicht getrübt und es hatte den Anschein, als würde sie sie nicht wirklich zum Sehen benutzen.

»Hallo«, sagte Clara zur Begrüßung. Ihr kam die Frau vage bekannt vor und sie erinnerte sich daran, dass sie in die Zukunft sehen konnte. Doch nach ihrem letzten Wissensstand befand sie sich immer noch in Osiris' Gefangenschaft. Offenbar hatte sich das geändert. Es sei denn, Gabriel hatte sie einfach mitten in der Höhle des Löwen zurückgelassen.

*Skye ist von seinem Bann befreit worden*, flüsterte ihr Schutzengel in ihren Gedanken. *Ezekiel ist in sie verliebt. Sie erwidert seine Gefühle nicht.*

*Bist du dir sicher?*, fragte Clara, als sie die Wärme wahrnahm, die von Skye ausging. *Sie wird ohne Zweifel von einer Aura der Liebe umgeben.*

*Das musst du mir bei meiner Rückkehr genauer erklären.*

*Und wo bist du?*

*Ich erschaffe Runen.*

*Natürlich.* Sie hatte keine Ahnung, was das zu bedeuten hatte, nahm jedoch an, dass es etwas mit den Schutzsymbolen zu tun hatte, die er vorhin erwähnt hatte.

»Solltest du nicht eigentlich in einer hydraianischen Gefängniszelle sitzen?«, fragte Ezekiel, als er die Hände in die Taschen seiner für ihn typischen Lederjacke steckte.

»Ich habe sie nicht an Osiris verraten«, antwortete Clara. »Außerdem weiß Luc, wo ich bin.« Zumindest hatte er es gewusst, als sie sich noch in New York befunden hatte. Sie war sich allerdings nicht sicher, ob das auch für ihren aktuellen Aufenthaltsort galt.

»Gabriel«, sagte Ezekiel und verzog die Lippen zu einem Lächeln. »Ihr beide scheint einander ziemlich vertraut zu sein.«

Sie nahm sich ein Beispiel an Gabriels Verhalten und zuckte nur mit der Schulter. »Er hat etwas von meinem Blut getrunken, um sich meine empathische Fähigkeit für eine Weile anzueignen.«

»Tatsächlich?« Ezekiel zog eine Augenbraue in die Höhe. »Und was hat er sich sonst noch angeeignet?«

Sie zuckte wieder mit den Schultern. »Das wirst du ihn schon selbst fragen müssen.«

»Hm.« Er musterte sie mit seinen gold gesprenkelten schwarzen Augen. »Wir werden ja sehen, wohin das führt.«

»Wir werden sehen, wohin was führt?«, ertönte eine vertraute Stimme aus der Tür, als Balthazar mit einer Blondine an seiner Seite den Raum betrat. Er riss die Augen auf, als er Clara erblickte. »Was machst du denn hier?«

»Stark hat sie mitgebracht«, antwortete Ezekiel. »Dann ist er verschwunden, um an den Schutzsymbolen zu arbeiten. Vielleicht ist er auch nur wieder *anderweitig beschäftigt.*«

Clara ignorierte ihn und versuchte, an nichts zu denken. Natürlich funktionierte es nicht. Sie musste nur einen Blick auf B werfen und wusste, dass er sie durchschaute. *Bitte tu es nicht.*

»Warum hat Stark sie hierhergebracht?«, fragte er Ezekiel, wobei er seine schokoladenbraunen Augen aber weiterhin auf sie gerichtet hatte.

»Das hat er mir nicht verraten«, antwortete der Attentäter gedehnt.

»Er gibt nur selten etwas preis«, sagte die Frau, die neben B stand.

Ein weiterer Seraph, dachte Clara, als sie den Mangel an Emotionen bemerkte, der sie umgab. Auf gewisse Weise versprühte sie mit ihrem dichten blonden Haar, der blassen Haut und den hübschen blaugrünen Augen jedoch einen unglaublichen Sex-Appeal. Sie musste nur einmal blinzeln und die halbe Männerwelt würde ihr zu Füßen liegen.

Sie ließ den Blick von B zu der Frau und wieder zu B zurückwandern. Was für ein gefährliches Paar. Die sexuelle Energie, die von ihnen ausging, war überwältigend und berauschend.

Doch sie hatte keinerlei Einfluss auf Clara.

Es war seltsam, wenn man bedachte, dass sie die Fähigkeit hatte, es wahrzunehmen.

*Gabriel,* dachte sie mit einem Mal. *Es liegt an meiner Verbindung zu Gabriel.*

Balthazars Augenbrauen schossen in die Höhe und sie riss die Augen auf. *Oh nein. Bitte sag nichts.*

*Worüber denn?,* wollte Gabriel wissen.

*Ich habe nicht dich gemeint, sondern B. Ich bin mir ziemlich sicher, dass er es weiß, weil er entweder meine Gedanken oder meine Gefühle gelesen hat.* Sie schüttelte in Gedanken den Kopf und versuchte erneut, mit

Balthazar zu reden und ihn zu bitten, sie nicht zu verraten.

*Er ist vielleicht nicht in der Lage, dich deutlich genug zu hören,* informierte Gabriel sie. *Er kann Stas und Issac auch nicht verstehen, wenn sie in den Gedanken des anderen miteinander kommunizieren. Aber er wird es definitiv spüren können.*

*Ich dachte, er kann alles hören?*

*Du bist jetzt an einen Seraph gebunden. Betrachte das als einen Vorteil.*

*Einen Vorteil?,* wiederholte sie und dachte darüber nach. *Also kann er meine Gedanken nicht mehr lesen?*

*Auf gewisse Weise,* antwortete er vage. *Erzähle ihm einfach nichts. Ich habe zuvor meine Verärgerung über Issacs Blutsband mit Stas zum Ausdruck gebracht und ich möchte nicht, dass mir meine eigenen Worte entgegengehalten werden.*

*Moment mal, bist du denn gegen Blutsbande?* Sie war sich nicht sicher, was sie davon halten sollte.

*Sie sind heilig und binden die beiden Wesen für die Ewigkeit aneinander. Es ist eine ziemlich große Verpflichtung.*

*Äh, aber du schienst mit unserem Band einverstanden zu sein.* Sein Verhalten hatten durchaus auf sein Einvernehmen hingedeutet. Es sei denn, er hatte seine Meinung mittlerweile geändert.

*Ich habe kein Problem damit, Clara. Das heißt aber nicht, dass die anderen ebenso beifällig reagieren werden.*

Seine Worte beschwichtigten sie ein wenig, doch dann wurde sie von B unterbrochen, als er sich räusperte. »Weiß Luc, dass du hier bist?«

»Gabriel sagte, er wüsste Bescheid, ja.« *Hast du Luc gesagt, dass ich mit dir in Island bin?*

*Nein*, antwortete Gabriel. *Ezekiel wird ihn informieren, wenn er es für angebracht hält. Ich nehme an, er hat ihm auch gesagt, dass du in New York warst.*

*Ich dachte, du hättest es Luc erzählt.*

*Ich habe es Ezekiel gesagt*, korrigierte er. *Er hat die Nachricht an Luc weitergeleitet, so wie er auch Lucs Antwort an mich zurückgeschickt hat.*

*Und die lautete?*

*Alles in allem war er nicht einverstanden*, antwortete Gabriel mit ausdrucksloser Stimme.

*Du hast versäumt, das zu erwähnen.*

*Da ich mich ihm gegenüber nicht verantworten muss, hielt ich es nicht für relevant.*

Sie seufzte. *Also schön, aber ich will ihn nicht verärgern.*

*Er ist nicht auf dich wütend, kleine Hexe*, versicherte er ihr. *Und ich habe keine Angst vor dem König der Hydraianer. Du bist jetzt meine Gefährtin. Er kann dir nichts anhaben.*

Ihr lief ein Schauer über den Rücken, als sie den besitzergreifenden Unterton in seiner Stimme hörte. Dann erstarrte sie, als Balthazar sie mit zusammengekniffenen Augen anstarrte. *Ja, B weiß auf jeden Fall Bescheid.*

*Es steht ihm nicht zu, den anderen etwas zu verraten*, erwiderte Gabriel, wobei sein Tonfall einen Mangel an Besorgnis vermuten ließ. *Und falls er es doch tut, werden wir sie einfach alle ignorieren. Das betrifft einzig und allein uns beide.*

*Okay*, flüsterte sie. *Nur uns beide.*

Die Frau tauschte einen Blick mit B aus und sagte dann: »Ich werde Gabriel bei den Schutzsymbolen behilflich sein und dann Jay und Liz holen.« Um sie herum erschien eine Wolke aus atemberaubenden violetten Federn, woraufhin Clara die Augen noch weiter aufriss.

*Oh, wow, sie hat wunderschöne Flügel.*

*Eines Tages wirst du auch so schöne Flügel haben, Clara,* antwortete Gabriel mit sanfter Stimme. *Ich freue mich schon darauf, sie in meinem Bett zu sehen.*

Sie errötete, als sie die Vertrautheit in seiner Stimme hörte. *Solltest du dich nicht auf die Schutzsymbole konzentrieren?*

*Ich kann mich ohne Probleme auf zwei Dinge gleichzeitig konzentrieren.* Die Arroganz in seiner Stimme war typisch für ihn.

*Ja, das kannst du,* stimmte sie zu.

»Worüber habt ihr Luc sonst noch informiert?«, fragte B, als er ihre Aufmerksamkeit wieder auf ihn und seinen wissenden Blick lenkte.

»Äh.« Sie räusperte sich. »Ich, äh, weiß es nicht.«

»Ich verstehe.« B zog sein Handy aus der Tasche und wählte eine Nummer, wobei er sie die ganze Zeit über anstarrte. »Hast du in letzter Zeit von Stark gehört?« Er wartete und hörte zu, als der hydraianische König – zumindest nahm sie an, dass er ihn angerufen hatte – antwortete. »Also hat Mateo es gesehen.« Balthazar nickte, als Luc antwortete. »Bist du auf dem Weg hierher?« Der tiefe Bariton dröhnte durch die Leitung, was B dazu veranlasste, erneut zu nicken. »Bis bald.«

Er legte auf, wobei er immer noch Clara fixierte.

Dann wandte er sich Ezekiel und Skye zu. »Wir müssen uns unterhalten.«

Sie vermutete, dass sie aus dem Schneider war. Zumindest für den Moment.

»Wir müssen uns ständig unterhalten«, murmelte Ezekiel und ließ sich auf die Couch fallen. Skye setzte sich neben ihn, wobei sie mit ihren blauen Augen immer noch ins Leere zu blicken schien.

»Osiris«, sagte B. »Genauer gesagt, seine Vergangenheit mit dem Rat. Und was er momentan vorhat.«

»Und du denkst, dass ich das weiß?«, fragte Ezekiel und zog eine schwarze Augenbraue in die Höhe, bis sie fast seinen ebenso dunklen Haaransatz traf.

»Ich weiß, dass du es weißt.« B verschränkte die Arme vor der Brust. »Und jetzt rede.«

Ezekiel lächelte nur. »Also schön, es war einmal …«

**Die Geschichte geht weiter mit *Himmlische verrucht…***

**Himmlische verrucht**

**Setzen Sie mit Balthazar und Leela Ihre Reise durch die Welt der unsterblich Verfluchten fort**

...

*Willkommen in der Welt der unsterblich Verfluchten, wo Engel und Vampire im Verborgenen leben ... noch.*

Eine leidenschaftliche Affäre.
Vergessen und begraben.
Denn was in Brasilien passiert, bleibt auch in Brasilien.

Zumindest war es so gedacht. Bis Balthazar begann, sich an alles zu erinnern. Und nun zwingt er Leela, den ultimativen Preis zu bezahlen – indem er sie betteln lässt.

Jede heiße Berührung erhitzt ihre Seele. Jeder funkelnde Blick bringt sie dazu, ihre Schenkel zusammenzupressen. Doch was noch schlimmer ist – es gibt kein Entrinnen.

Sie befinden sich auf der Flucht vor einer Horde kriegerischer Engel, um eine unschuldige Seele vor etwas Schlimmerem als dem Tod zu bewahren.

*Der hohe Rat von Seraph hat ein Edikt erlassen.*
*Gehorche oder stirb.*
*Nur die Treuen werden überleben.*

**HIMMLISCH VERRUCHT**

*USA Today* Bestsellerautorin Lexi C. Foss ist eine Schriftstellerin, verloren in der Welt der Computer. Sie lebt in Chapel Hill, North Carolina mit ihrem Mann und ihren haarigen Gesellen. Wenn sie nicht gerade schreibt, ist sie mit Sicherheit auf Reisen. Viele der Orte, die sie schon besucht hat, lassen sich in ihren Büchern wiederfinden, einschließlich der mystischen Welt von Hydria, die auf der griechischen Insel Hydra basiert.

Lexi ist ein bisschen verschroben, trinkt viel zu viel Kaffee und schwimmt gern.

Würden Sie gern über Neuerscheinungen informiert werden? Dann tragen Sie sich für ihren Newsletter ein: https://www.lexicfoss.com/deutschen-newsletter

Besuchen Sie Lexi im Netz!
https://www.lexicfoss.com/aktuell
www.facebook.com/LexiCFoss
twitter.com/LexiCFoss
www.instagram.com/LexiCFoss
E-Mail: lexicfoss@gmail.com

Chastely Bitten – Keuscher Biss (Buch 1)

Royally Bitten – Königlicher Biss (Buch 2)

Regally Bitten – Majestätischer Biss (Buch 3)

Rebel Bitten – Rebellischer Biss (Buch 4)

Kingly Bitten - Royaler Biss (Buch 5)

## Die Wölfe des X-Clans

Andorra Sektor

Das Experiment

Pfeil des Winters **(erhältlich 2021)**

**Und auch die folgenden Bücher von Lexi C. Foss werden in Kürze auf Deutsch erhältlich sein:**

*Aus der Reihe »Dark Provenance Series«:*

Daughter of Death – Die Tochter und der Tod (Buch 1)

Paramour of Sin (Buch 2)

Son of Chaos (Buch 3)

Heiress of Bael (Buch 3.5)

Princess of Bael (Buch 4)